COLLECTION DIRIGÉE PAR
GÉRALD GODIN
FRANÇOIS HÉBERT
ALAIN HORIC
GASTON MIRON

LA MORT AU VERGER

Gilbert Choquette

LA MORT
AU VERGER

ROMAN

préface de Pierre Vadeboncœur

l'HEXAGONE

Éditions de l'HEXAGONE
900, rue Ontario est
Montréal, Québec H2L 1P4
Téléphone: (514) 525-2811

Maquette de couverture : Jean Villemaire
Illustration de couverture : photographie de Catherine Choquette

Photocomposition: Typoform

Distribution: Québec Livres
4435, boulevard des Grandes-Prairies
Saint-Léonard, Québec H1R 3N4
Téléphone: (514) 327-6900, Zénith 1-800-361-3946

Réplique Diffusion
66, rue René-Boulanger, 75010 Paris, France
Téléphone: 42.06.71.35

Édition originale
Gilbert Choquette, *la Mort au verger*
Éditions Leméac, 1975

Dépôt légal: deuxième trimestre 1988
Bibliothèque nationale du Québec
Bibliothèque nationale du Canada

TYPO
Édition revue et corrigée
ISBN 2-89295-021-X

PRÉFACE

Dans plusieurs romans de Gilbert Choquette, l'histoire qu'il raconte a une importance de premier plan, comme dans le cinéma des années trente ou quarante. On en tirerait aisément des films : de cette *Mort au verger*, par exemple, ou de *La Flamme et la forge*, respectivement parus en 1975 et 1984, et dans la mesure où, sur l'écran, l'intrigue serait réhabilitée comme il arrive. Ces histoires sont dramatiques. Créées, apparues, captivantes, en un sens elles valent pour elles-mêmes. L'intrigue, l'épisode, dans certains romans de Choquette, il est évident qu'ils auraient un relief à peu près égal dans un film et qu'ils sont tout à fait adaptables.

*

Ces histoires-là constituent, dans l'art de Choquette, le premier élément de réalisation et de composition de l'œuvre, un peu comme le paysage objectif dans les tableaux de Marc-Aurèle Fortin. Tout semble se passer également comme si le peintre et l'écrivain, à l'égard du paysage ou de l'histoire, visaient semblablement cet objet comme le but même de leur art. Mais cette apparence, si elle existe, est trompeuse. Choquette, Fortin, sont des artistes.

*

Figuratifs certes, particulièrement figuratifs. Mais c'est déjà un mérite, chez l'écrivain, de savoir tirer du néant ou plutôt du réel une tragédie, un drame, un destin, une parole humaine, ou chez le peintre, des nuages, des arbres-événements; chez l'un et l'autre, des faits d'art, bien que de réalité; et pourtant des évidences, comme s'il s'agissait, pour Choquette, non de fables mais d'expérience et d'histoire ayant lieu, ou, chez Fortin, d'exalter le paysage, non de faire un tableau. Nonobstant tout ce qui existe par ailleurs en art, quelque chose en nous attend de telles histoires, de telles images, pour ce qu'elles nous disent par elles-mêmes de ce qui est, car nous avons besoin que l'existence se dise et se redise, à perte de vue, comme si, à force d'exposition, nous devions finir par la comprendre et par la posséder.

*

Dans ces récits, celui de *La Mort au verger* par exemple, riche en surprises et en rebondissements, tendu jusqu'à une résolution finale comme au théâtre, notez donc la prééminence de l'événement. L'événement est chargé de soutenir le drame, de garantir la vie des personnages, d'introduire la mort, de porter l'acte d'art jusqu'à son terme. C'est lui confier un rôle certes étendu.

Je m'étonne toujours, dans certains romans de Choquette, que l'action soit aussi présente. Car je ne connais personne de plus intérieur que lui, de plus concentré même.

La relation de cet auteur avec son livre est violente, vitale, et l'on doit prendre ces mots au pied de la lettre.

Depuis plusieurs années que je le connais — par la correspondance, et la correspondance est quelque chose de révélateur à l'extrême — cet auteur m'apparaît lui-même comme un personnage de roman, au sens fort, à un degré que d'ordinaire on ne rencontrerait justement que dans la fiction. De sorte que, curieusement, lorsque je lis ses livres, je ne puis faire abstraction de leur auteur, et il offre en lui-même un étrange commentaire de ses ouvrages, indispensable peut-être. D'habitude, un romancier, en fin de compte, est moins concerné personnellement, et moins éclairant.

*

La Mort au verger est le plus souple, le plus donné de ses romans, apparemment le moins obtenu par le travail, par l'effort, par un investissement personnel intégral. Cette histoire d'égarement, de fuite de la vie, d'amour, de meurtre, de questionnement sans réponse, forme un ensemble dont je pourrais indiquer les raisons les plus patentes mais non explicitement le sens, bien que le sens y soit partout diffus. Il s'y trouve parfois expliqué par l'auteur, mais il reste obscur. D'abord et avant tout, au premier chef, des actes, une situation, des personnages, des sentiments, à traits prononcés.

En réalité (et je le sais en partie surtout par d'autres de ses œuvres) cette histoire est hantée par son créateur, dont je connais la conscience angoissée. Il est le personnage invisible et inquiet de ce monde-là ; il l'est presque physiquement, parmi les autres. La présence réelle de Choquette au milieu de ses livres ne peut être tenue pour secondaire et relative. Il s'agit là d'un phénomène indissociable de ces romans et, si on le négligeait, on risquerait d'en escamoter du même coup une partie, celle-ci bizarrement incluse dans un tout qui est un fait littéraire dépassant le cadre du livre seul. Littérature et para-littérature, cette fois. Les deux ensemble, liés en un tout original et significatif.

*

Mais qu'est-ce que cette littérature, *La Mort au verger, La Flamme et la forge, Le Secret d'Axel, La Défaillance, Un tourment extrême* ? C'est une littérature du malheur. Le génie, l'amour, l'argent, le succès, la conscience morale, l'art, l'idéal, la beauté, que l'auteur, en effet, d'œuvre en œuvre, évoque avec une obstination caractéristique, ne peuvent rien, en dernière analyse, pour le bonheur, et toutes choses, en dernier ressort et même tout de suite, tournent à l'infortune. L'humanité ici est en proie à un mal qui précipite toute jeunesse de cœur, ou d'âme, ou d'âge, vers un terme immédiatement arrivé, qui est le cimetière du bonheur et d'abord son épreuve et ses traverses. Mais, entretemps, il y a la joie çà et là entrevue, espérée, poursuivie, mais hors d'atteinte, (et aussi, remarquez-le tout spécialement, notamment dans *La Flamme et la forge,* des pensées sur l'amour comme il ne s'en écrit plus).

*

Le climat dominant des œuvres de Gilbert Choquette est la tristesse. Le malheur et la joie sont les deux grands personnages muets de l'œuvre de cet auteur. Ils dominent tout, ils ne laissent aucun loisir. Cependant, entre eux la lutte n'est pas égale et l'issue n'est pas douteuse. Il y a effectivement quelque chose de muet dans ces livres, une menace, un appel, un jugement, et un destin particulièrement aux prises avec ce qui vouerait quiconque à un bonheur un peu durable, voire simplement à un bonheur sans durée. Dans l'œuvre de cet écrivain, je ne me souviens d'aucune expression du bonheur, sinon de la joie.

*

Ce qu'il faut observer surtout, c'est que Choquette ne joue pas de cette musique comme si c'était pour faire un livre : chez lui, je le répète, œuvre et auteur sont plus ou moins en état de fusion, et tant celui-ci est grave, tant l'œuvre l'est aussi. De plus, l'échec constitue l'événement majeur de chacun de ces romans, et l'échec personnel, en particulier, fait le sujet circonstanciel central de chacune de ces œuvres. Dans tous ces cas, l'échec, plus ou moins catastrophique, senti comme fatal, se produit là où le bonheur, pour quelque raison souveraine et propre à la destinée humaine, se brise en un certain point de son envol à peine commencé. Dans presque tous les cas, ce malheur survient dans une situation de privilège.

Ce qu'il atteint, c'est le destin le plus prometteur: le génie et l'amour, dans *La Flamme et la forge,* la hauteur morale apparente, dans *La Défaillance,* le talent, le privilège, la beauté, l'art et la jeunesse, dans *Le Secret d'Axel,* le don de soi, dans *Un tourment extrême,* mais quoi, dans *La Mort au verger*? Sur ce point, ce roman est un peu moins explicite que les autres.

*

La Mort au verger. Laurent avait la fortune, une carrière dans les affaires, et d'autres avantages, mais, méprisant sa condition, il a voulu choisir la liberté, l'inconnu, soit dans la mort, soit dans l'amour, soit dans les aléas d'une vie affranchie de tout programme et en particulier de toute nécessité bourgeoise. Rien de cela ne se réalise et tout va bêtement finir dans un crime. L'existence trahit immanquablement les espérances de la liberté ou de la grâce, et encore plus les espoirs inscrits dans ce qui paraîtrait le mieux pouvoir s'élever au-dessus d'une fatalité profondément négative. Choquette est un poète de l'espérance sans cesse détrompée. Il paie d'ailleurs pour cette science qu'il n'a pas prise dans les livres et sa littérature n'est pas un exercice de style. Tous ces récits portent le sceau d'une authenticité directement empruntée à la vie et au caractère de leur auteur.

*

Il arrive, parfois, que l'art de Choquette soit fautif, et en particulier, alors, par une certaine raideur. Mais l'erreur et la réussite littéraires, dans ses romans, se présentent à mes yeux comme parallèles et séparées, entraînant à leur égard un jugement également partagé, divisé en deux parties étanches, laissant en quelque sorte intacte la part du réussi. *La Flamme et la forge,* par exemple, naguère, m'a littéralement envoûté par son humanité, par ses profondes résonnances, longuement et de façon extraordinaire. La critique que j'appellerais indépendante avait cédé le pas. Je n'y restais pas fermé mais elle n'avait plus pour moi que peu d'importance. De même, dans *Le Secret d'Axel,* un malheur invraisemblable, accablant le héros, et symbole de tout malheur et de tout mal, — pari littéraire d'ailleurs extrêmement risqué (le jeune dieu, le jeune artiste, devient sous ses vêtements aussi velu et disgracié qu'une bête) — n'empêche pas à mon gré ce récit d'émouvoir, malgré, au surplus, le caractère romantique de l'ouvrage, et c'est là qu'est le secret non plus d'Axel mais de l'artiste Choquette : passer par des chemins douteux aux yeux d'une critique tout objective et détachée, révéler un art malaisé, et néanmoins atteindre à des pages, à un essentiel, qui soient chargés de sens humain.

*

Gilbert Choquette, comme artiste, est d'une vérité totale parce que, comme homme, il n'existe personne de plus entier que lui, ni de plus vulnérable, et ces qualités font nécessairement leur chemin à travers les obstacles. Le malheur n'est pas pour lui une blague, ni l'amour, ni aucune valeur, ni le drame, ni le chagrin, ni aucune expérience humaine. Dans la réalité, il adhère à tout cela littéralement et il n'y a pas en lui de distance ludique. Tout prend en lui son poids véritable, sans aucune soustraction. Ni dans la vie, ni en art, Choquette ne se dédouble. Ce dernier trait, en art, est un danger, mais en même temps il favorise une profondeur humaine dont on ne peut douter.

*

Son art existe donc et c'est beaucoup à cause de cette *expérience,* ou de cette *vérité.* Ce qui de la sorte n'est pas divisé en l'auteur s'imprime à la fin dans le produit. Cette vérité y fait une même vérité. Comme elle ne laisse pas d'être pathétique, elle aboutit à des œuvres dont le ton le plus constant est probablement la gravité.

*

Je lis Choquette pour avoir à mon tour expérience de cette qualité et avoir toucher de ce qu'elle touche. C'est une qualité peu fréquente dans les lettres. La plupart des êtres et donc la plupart des écrivains ricanent un peu, sans même s'en rendre compte. Ce qui est grave est donc nécessairement plus rare. Chez Choquette, certain caractère d'un art un peu difficultueux peut n'avoir que peu d'importance, en définitive, à côté du sens que cet auteur a de la sublimité.

*

S'il s'agit de l'art, chez Choquette, il s'agit pourtant moins de l'art que de la *matière même* dont il fait la prospection. Cet élément non formel, que l'époque, y compris l'art parfois, recouvre, est devenu si lointain, souvent, si improbable. Or, nous avons un tel besoin, maintenant, de la *substance.*

Pierre VADEBONCOEUR

À Marianne, Lorraine, Catherine

1er septembre 1967.

Entre Saint-Jean d'Iberville et la frontière, presque la nuit déjà. Des nuages rampent, blêmes, sur un ciel de ténèbres où flotte encore à l'occident un reste de clarté. Dans les lointains obscurs de la prairie, on n'entend que le grésillement de la pluie. Pluie ténue, qu'imprègne une fade odeur végétale.

En bordure de la route, les arbres alignent à perte de vue leur panache de feuilles noires. À vingt pas, en contrebas de la berge, les eaux du Richelieu, fumantes, insaisissables.

La pluie, les phares, le silence. Depuis l'après-midi, depuis que le vent a fait taire ses cuivres, ses cors de chasse, sa batterie d'automne hâtif, un homme est là qui attend, mal à couvert, accroupi sur la grosse racine d'un hêtre aux bras étales. À chaque ronflement d'auto son front se relève machinalement. Fouettée par l'abrupte giclée de lumière, la silhouette s'éteint dès que la voiture a pris le tournant de la route du lac Champlain.

La pluie, les phares, le silence. Une attente à l'image de Laurent Vallois, — Laurent le Farouche, se souvient-il?…

— Laurent! Laurent le Farouche! Où es-tu caché? Dans le grenier encore. Veux-tu descendre de là et lâcher tes livres!

L'homme a tressailli, s'est retourné. À peine une petite campagne pluvieuse et civilisée qu'il inspecte du regard: la route luisante, l'envers d'un panneau annonçant le coude du chemin, le spectre des clôtures, la tour d'un silo là-bas, adossée aux vagues bâtiments d'une ferme. Rien.

De sa manche humide, Laurent s'essuie le front et s'engouffre en lui-même.

— La vie se chargera bien de l'aguerrir, va, dit sa mère.

De l'aguerrir peut-être, non de le guérir, songe l'homme que traque cet enfant pâle comme l'ombre qui se tient là debout devant lui, exigeant des comptes au nom de la loi profonde. Pour chasser la vision, que pèse la fortune qui vient de lui échoir en héritage, ses quinze ans de bonnes fortunes aussi?… La mémoire reflue, plus invincible que la marée; vainement il fait un barrage à l'océan avec ses doigts disjoints. Recommencer, se jeter dans l'avenir… Mais l'avenir est clos désormais, la route impraticable, bouchée par la muraille de brume. Ce sentiment de s'être un jour trompé de destin comme on se trompe de route — sur la foi d'écriteaux trompeurs…

— Je ferai ta réussite si tu marches sur mes traces, dit son père en homme d'affaires sans illusion qui sait la vie et veut le bien de son fils.

Et voilà qu'au lendemain des obsèques paternelles, sous l'impulsion trop forte, il est parti à pied, mains vides, comme jadis adolescent. Plaquant là sa «réussite», il a quitté Montréal la veille, se fuyant soi-même; il s'en est allé droit devant, sans but ni direction, à grandes foulées perdues, longeant la lisière des bois, enjambant les clôtures, quémandant un bout de route au premier inconnu. Il peut bien se morfondre: âme qui vive ne le secourra. Avec son chandail de laine, aux manches nouées autour de la taille, comme il aimait à le porter à l'école, sa barbe de deux jours, son plus vieux pantalon de toile, quel samaritain pressé ou nonchalant ne le tiendrait pour un vagabond, un drogué, un louche spécimen d'on ne sait quel faune en rupture de ban avec la société? Pour l'inviter à monter, qui le soup-çonnerait investi d'une succession comportant la plus importante fabrique montréalaise de meubles de grand luxe? Car l'embolie qui vient d'emporter son père a récompensé sa soumission. Le voilà riche pour avoir vécu quinze ans à la surface de lui-même, les yeux fermés au mal qu'il s'est fait jour après jour. Tout cela pour encourir le subtil désespoir de ne posséder que ce qui s'achète ou se dissipe.

— Quel malheur, cher ami! En pleine Exposi-tion universelle à laquelle il a tant contribué…

— Et qui le lui a bien rendu, sourit Laurent amèrement.

— Toutes nos condoléances.

— Merci, madame.

— Il n'y a pas de justice.

— C'est bien mon avis…

Et le notaire qui lui chuchote sur le parvis de l'église, l'office à peine terminé:

— À votre entière disposition, M. Vallois; je vous attends à mon étude. Le testament, oui… À moins que vous ne préfériez que je passe chez vous, ou à vos bureaux… Tout est pour vous naturellement, son fils et plus proche collaborateur, avec une rente substantielle pour madame votre sœur.

Succession méritée qui l'accable plus qu'un malheur — un châtiment, le fruit trop lourd de l'acceptation. Et l'heure de payer cette chance empoisonnée, c'est bien ce soir au cœur d'un brouillard qui lui monte au cerveau.

— La littérature, ça ne fait pas sérieux, dit son père. Note bien que je ne prétends pas que ça n'est pas sérieux : ça ne fait pas sérieux quand on se veut les deux pieds dans la réalité. Il faut choisir, mon garçon.

Ce mensonge à soi-même, cette trahison qui lui a fait jouer le jeu, grimper à reculons les échelons de l'avenir paternel au mépris de sa vocation la plus secrète, pour aboutir ici, aux rives d'une nuit qui sera solitaire et profonde.

La rivière ancestrale, à peine gonflée, glisse insensiblement vers son fleuve, entraînant dans sa mouvance toute une barge de souvenirs. Est-ce le hasard ou bien grand-papa Delaigle, autrefois médecin à Saint-Hilaire-sur-Richelieu, qui a conduit Laurent de ce côté pour l'y abandonner comme une épave au bord de son enfance ? Les étés de Saint-Hilaire… C'est sa plus ancienne mémoire qu'il est venu parcourir dans cette vallée endormeuse au cours d'eau rectiligne, ce Richelieu déchirant la plaine telle une blessure vive, témoin d'une histoire de vaincus — 1837-1838 — qui lui semble vouloir se confondre avec la sienne…

Lentement, imperceptiblement, la nuit s'est établie. Une odeur de terreau mouillé monte de partout, qui se mêle à la moiteur des feuilles lourdes et suantes. Une goutte d'eau vient s'écraser sur la nuque de l'homme, lui dégouline entre les omoplates. Pris d'un frisson, Laurent se redresse et rentre dans un présent sans issue. Il veut fumer, prend une cigarette, fait craquer son briquet. L'humidité paralyse l'étincelle. Il jette cigarettes et briquet au fossé. Autant de moins pour lui rappeler un passé qui l'incrimine. Sous le ciel hagard, le déserteur sombre dans sa conscience la plus doulou-reuse. Pourquoi n'avoir pas suivi son premier mouvement? Cet amour réprouvé, le premier, le seul authentique qu'il ait connu, le hante comme jamais encore. Il lui fallait donner un père à son enfant et on lui opposait tant de vérités élémentaires.

— Ta Lucie n'est pas de notre monde, dit sa mère. Nous n'avons rien contre elle mais enfin une petite campagnarde de Saint-Ours venue à Montréal pour se faire infirmière, toi qui peux prétendre à la fine fleur des jeunes filles d'Outremont…

— Une pension lui sera beaucoup plus utile, renchérit son père, ou une somme convenable que je suis prêt a débourser pour toi. On ne gaspille pas sa vie pour une bêtise de jeunesse. Tu l'aimes, c'est entendu, mais ta carrière a aussi ses exigences. Et puisque tu aimes aussi les voyages, tiens, je te l'offre ce séjour à la Martinique dont tu rêves depuis si longtemps. Ça te donnera l'occasion de réfléchir.

Tentation trop forte, piège trop bien tendu… Contre Lucie, il avait choisi l'évasion, avant de se renier tout à fait dans les bras d'une Américaine cynique et lettrée, rencontrée là-bas sous les Tropiques…

— *Forget about Lucy, love is just a word, darling*, murmure Edith Hampton devant le flot vert de l'aube ensommeillée.

À son retour, Lucie avait disparu. Disparu avec l'enfant qu'elle portait… Or son amour était juste — il le sait maintenant —, et que lui importait que la petite infirmière qui vibrait à ses poèmes ne fut pas « de leur monde », que lui importait une carrière dans le prolongement de celle de son père, que lui importait le règne de l'argent surtout? Il l'avait en horreur, proclamait-il avec dédain. Faut-il croire qu'un ver déjà rongeait sa jeunesse pour qu'il pût entrer sans plus de déchirement dans le jeu des gens qui savent trop bien les mortelles exigences du succès?

Au fil des remords qui le ravagent, ses yeux se sont accoutumés à l'ombre. Il avance les mains, les bras, pour étreindre, étreindre n'importe quoi. Rien, l'opacité du vide. Il reconnaît la route avec ses flaques de lune. L'air livide s'est remis en mouvement, les bancs de brume se déplacent, chavirant les perspectives, le ciel s'effiloche; gorgées d'eau, les nuées se déchirent, se disloquent, laissant entrevoir des trouées de clarté, des lueurs blafardes qui pénètrent l'haleine des eaux noires.

Arracher la déchirure même…

Encore une auto qui passe outre, venant du nord. Qu'importe? Il ne pourrait plus monter à présent. Avec une espèce d'assurance, il se lève, déploie toute sa taille comme un défi aux ténèbres. Il ne sent plus le froid. Le froid est en lui — torpeur qui l'ôte au monde et le rend au Richelieu, son enfance. Aspiré par la nappe cendrée où flottent des écharpes de vapeurs laiteuses, il s'ébranle, enjambe le fossé, franchit la route, vaguement ivre. Froissant les broussailles détrempées qui amortissent son pas, il se hisse sur le talus. Entêtée, la pluie reprend, en longues traînées obliques.

Dominant le sombre de la nuit, Laurent s'immobilise. Une soif de vengeance le possède, mais contre qui tourner sa haine sinon contre lui-même, à l'instant où il cesse de s'aveugler et que la vérité lui saute au visage? Il a subi sa vie, il a consenti à tout ce qui lui venait d'ailleurs. Tardif réveil. Cruel retour d'astres morts. Livré à la brûlure du présent, sans recours contre le passé, Laurent Vallois se défait de son chandail, de sa chemise à demi trempée. Il tressaille: à ses pieds, tout en bas, un remous activé par la pluie rend l'eau grosse, inexorable. Plusieurs fois il inhale l'air épais. Encore une auto lancée à grande allure passe derrière lui. Il ne l'entend pas, tout au gouffre qui l'aspire. Du fond de la vase remuée, de grosses bulles d'argent remontent le long des roseaux, effilés comme des épées, pour venir éclore à la surface de sa conscience. Il vacille encore d'un pas jusqu'au bord du talus, fasciné par le sombre éclat de cette rivière écumeuse qui lui coule dans le cœur avec ses tourbillons d'étoiles. En finir au plus tôt… Qu'est-ce que mettre un terme au flux de la mémoire quand l'amour y est mort?

Un coup de klaxon ébranla l'air opaque.

— Monsieur! héla une voix de femme derrière lui.

Laurent ne bouge pas. La voix a jailli de l'intérieur, confondue avec toutes celles qui vont se taire.

— Monsieur! cria de nouveau la voix, obsédante. Quelque chose ne va pas?

Cette fois, Laurent tourna vaguement la tête. À vingt pas, en provenance du sud, de la frontière américaine, la silhouette d'une petite voiture arrêtée en bordure du chemin se dessinait sur l'horizon diffus. Les essuie-glaces balayaient à toute volée le pare-brise et Laurent s'aperçut qu'il pleuvait de plus belle. Son regard revint vers le Richelieu sur lequel dansait l'orage. Creuser là son sillon, de terre ou d'eau qu'importe, comme le premier ancêtre et s'y allonger tendrement, fermer les yeux…

— Monsieur, ne restez pas là, c'est insensé!

La voix se fait si pressante que Laurent émerge à la surface du réel. Il revient tranquillement vers sa chemise et son chandail qu'il ramasse, trempés. Encore une brève hésitation, puis il s'approche de l'auto qui ronfle doucement derrière ses phares. Au quart baissée, la vitre s'entrouvre davantage.

— Vous allez où? On peut vous déposer quelque part? Soyez raisonnable.

Le hasard en décidait. Sans répondre, Laurent bondit, ouvrit la portière et s'engouffra à l'intérieur.

— Je ne vous fais pas peur?

Il émit un petit rire, histoire de dissiper la gêne de se trouver surpris, lui, le Farouche, dans cet état de délabrement. La voiture démarra.

— Si je vais quelque part?… Non, par votre faute, je ne vais plus nulle part.

Nouveau ricanement, qui se voulait complice. La conductrice lui jeta un coup d'œil au travers de ses cheveux abandonnés et activa le chauffage. Les vapeurs tièdes montèrent le long du corps de Laurent comme une caresse. Il se cala dans son siège, les yeux mi-clos. Devant lui l'averse se déchaînait, tapissant la chaussée de petits rebondissements clairs. Sur sa gauche, il devinait le profil de la jeune femme, un peu courbée en avant, attentive au moindre méandre de la route, les mains légères crispées au volant. Pour son passager, aucune attention apparente. Tout de même, songe Laurent, il y a là de l'aplomb… Et il se défend d'examiner ce visage noyé de nuit.

Les troncs d'arbres, les poteaux télégraphiques, les piquets de clôtures, défilent sans relâche comme autant de secondes qui se précipitent. Laurent s'abandonne au sort qui le ramène au nord sans l'écarter du Richelieu dont il sent, tout proche et insaisissable, le cours fraternel.

L'homme et la femme traversèrent Saint-Jean, désert sous la lueur blafarde de ses réverbères. Puis de nouveau la masse noire des arbres, ruisselants. À l'entrée de Chambly, la voiture ralentit.

— Montréal, c'est à gauche, dit la jeune femme. Je file tout droit.

— Moi de même, tout droit. Je connais un peu le pays, vous savez. Tiens, si j'allais à Saint-Ours? Une inspiration. À vrai dire j'étais parti pour un pays d'où l'on ne revient guère mais vous m'avez fait changer d'intention. Pourquoi Saint-Ours? Un remords vieux de quinze ans. On a beau s'échiner à les faire taire…

— Je ne me rends pas jusqu'à Saint-Ours. Je m'arrête à Saint-Hilaire, au pied de la montagne.

— Saint-Hilaire? Encore mieux. J'ai laissé là des souvenirs de vacances chez mon grand-père médecin, des souvenirs que j'aimerais bien récupérer en passant.

La jeune femme haussa les épaules. Un malheureux, pensa-t-elle, échappé peut-être de quelque maison de santé… Eh bien, va pour un acte de pitié, elle le déposera du moins au carrefour de Belœil.

Cependant la voiture poussait à travers Chambly, tout en longueur. À droite, derrière les maisons frileusement collées, trop basses, toujours le fantôme du Richelieu, avec maintenant le souvenir de son canal, de son barrage, le vaste bassin où dorment les voiles repliées. Le Fort, que l'on visite le dimanche en famille. Puis se taisent une à une les lumières du bourg et la route reprend son cours, inséparable de la rivière mystérieusement fidèle. Renouer avec son enfance. Comment, si près de la grande ville, n'avoir jamais eu le besoin, la tentation… Laurent ferme les yeux. Cette immensité qu'il prêtait aux lieux, aux distances, et qui soudain n'a plus que la dimension d'une pensée, d'un regret à tenir dans son poing peu à peu relâché… Bercé par le roulement de la voiture, le Farouche s'assoupit. Comme jadis au grenier, le doux tambourinement de la pluie sur le toit l'enveloppe d'une tiédeur maternelle.

Il pouvait être onze heures quand ils atteignirent Belœil. Au moment de s'engager sur le pont qui franchit le Richelieu, la voiture fit halte. Par le rétroviseur, un snack-bar vide renvoyait le clignotement de son néon, illuminant le sommeil de Laurent d'un rougeoiement régulier.

Muriel hésita sur le parti à prendre. En dépit d'elle, cette présence insolite à ses côtés l'intriguait, la troublait. Elle pensa à l'étrange scène au bord de l'eau. Etait-ce pour l'abandonner à pareille heure à l'angle d'un pont qu'elle avait secouru cette solitude prête à tous les désespoirs? Mieux valait, en tout cas, diriger le pauvre diable vers les lumières de Montréal, à gauche, que l'entraîner du côté de la montagne, lieu pour elle sinistre et désolé…

Le chandail et la chemise avaient glissé par terre aux pieds de l'homme. Avec précaution, Muriel se courba pour les ramasser : humides encore, immettables. En se redressant, son regard s'attarda presque malgré elle sur ce singulier passager, à demi dévêtu, qu'accablaient deux heures de route. Le corps tassé sur lui-même, un bras rejeté derrière le siège, il laissait filtrer un souffle égal entrecoupé de soudaines aspirations. Les traits déliés démentaient la rudesse du menton en friche, la carrure des épaules, le négligé de la tenue. Ce qu'on appelle un «chômeur instruit», se dit-elle, songeant au langage incisif qui était le sien. Elle consulta sa montre, s'énerva à la pensée de l'heure tardive, puis de nouveau scruta l'homme : il lui fallait se résoudre à rejeter cette épave à son destin, quel qu'il fût. Cependant, elle ne décidait rien, comme enchaînée à un fardeau précieux. C'est alors qu'ouvrant les yeux, Laurent les maintint fixés sur ceux de cette compagne de hasard qui le dévisageait avec une sourde insistance.

— Je dois vous laisser, prononça-t-elle embarrassée.

— Déjà? C'est bien vite disposer d'un condamné.

La physionomie de Laurent ne trahissait aucune émotion et c'est Muriel qui s'écarta instinctivement. Il ébaucha un geste comme pour la retenir mais, se ravisant, il resta figé dans la même attitude. À son tour, il contemplait ce visage secret et aigu, qu'amincissait encore la chevelure noire envahissante, teintée de reflets rendus mauves par la pulsion régulière du néon.

— Vous me regardez comme si j'en valais la peine, dit-elle d'une voix légèrement tremblante. Il est temps de me laisser maintenant. Je dois rentrer, sans quoi… Je vais à droite, vers la montagne…

— La Montagne… répéta Laurent sur un ton de nostalgie pensive. Mais aussitôt, enfilant sa chemise, il se remit à persifler:

— Croyez-moi, ça m'ennuie énormément de vous quitter ainsi. Un accident est si vite arrivé. Et la nuit qui est si dense, et cette pluie qui recommence. Ecoutez. Surtout n'allez pas ramasser des voyous le long du chemin. Les abords de la Montagne étaient encore assez déserts autrefois. C'est très dangereux pour une jolie personne de faire ainsi monter des inconnus. Surtout des inconnus nus. On peut dire que vous avez de la chance avec l'humanité… Dites donc, je parle beaucoup ce soir. Ce n'est pas dans mes habitudes. Il faut croire que vous m'inspirez, chère Madame, ou Mademoiselle?…

Muriel écoutait à peine, se tordait les doigts. Il est malade, pensait-elle, il a la fièvre.

Laurent saisit la poignée de la portière.

— J'ai l'impression que vous vous inquiétez pour mon proche avenir. Vous auriez tort. Que les humains sont sensibles à la misère d'autrui, vous en êtes la vivante preuve… bien que vous m'ayez rendu un mauvais service. Mais un méfait n'est jamais perdu. Adieu, secourable!

Le fantôme de Laurent s'effaçait déjà dans la nuit. Muriel cria:

— Vous avez de l'argent?

— Si j'ai de l'argent?

— Il y a un autobus pour Montréal toutes les demi-heures!

— Elle demande si j'ai de l'argent, répéta Laurent. Et il se mit à rire tout seul, d'un rire dont les vagues allaient s'amplifiant, portées par la nuit. — De l'argent, j'en ai à l'excès, et pourtant pas au point de pouvoir vous laisser ce soir le souvenir d'un verre en ma délectable société. Tel est mon misérable sort. Comprenne qui pourra.

À l'ironie exacerbée, Muriel devine la détresse d'une conscience en perdition. Elle fait un retour sur elle-même. Ses mains se posent à plat sur son visage, le bout des doigts touchant les yeux. Le temps d'un soupir rauque, sa résolution est prise.

— Allez, remontez. C'est trop idiot ces enfantillages. Mais faites vite.

En trois bonds, Laurent est dans la voiture.

— Il était écrit que je reverrais la Montagne!

— Je ne crois rien de ce que vous racontez, mais ça m'est égal. S'il fallait agir suivant les paroles que l'on prononce ou que l'on entend… Et puis ce que je fais, je le fais pour moi aussi…

En même temps que la voix fléchit, la voiture repart en trombe et le pont est déjà traversé. Ce pont dont la construction jadis avait porté son coup de mort au vieux bac sous les yeux tristes du Farouche. De nouveau Laurent se tait. Des morceaux de son enfance gisent là, brisés, au travers desquels sa mémoire se fraie un chemin en s'y blessant. Un premier virage en angle aigu, un second tournant presque en sens inverse, puis la croisée des chemins vicinaux, puis la grande montée interrompue par le passage à niveau du chemin de fer formant palier, puis reprise de la montée sur les coteaux flanquant le massif austère. Cependant tout s'embrouillait sous les ténèbres rayées de pluie, tout s'effaçait, et rien n'avait changé pour Laurent depuis les jours ensoleillés d'avant la guerre où il accompagnait son grand-père aux malades dans la vétuste carriole attelée à la jument Victoire, soufflant d'ahan, ou reniflant la luzerne au passage. À la vérité, rien ne se ressemblait plus : la cabane du vieux peintre ermite s'environnait maintenant d'une multitude de silhouettes en briques qu'on devinait tapies dans l'ombre. Les paysans avaient fui, l'alouette ne chantait plus ; d'ici peu campagne et mémoire se seraient rejointes dans la brume du temps.

Rejointe la voie, aujourd'hui asphaltée, qui ceinture la Montagne, la nature aux vergers immémoriaux reprenait ses droits. Bientôt, au premier embranchement — le Farouche n'a pas besoin de voir — si l'on prend à gauche, on revient au village de Saint-Hilaire par une sente à travers bois ; si l'on s'engage à droite, on contourne la puissante masse granitique hérissée de conifères dont le profil dévore le ciel, qu'il fasse jour ou nuit étoilée. Au dire de grand-père, c'est par là qu'on aboutissait à Saint-Jean-Baptiste, ce petit hameau agricole blotti derrière la Montagne qui pour le Farouche avait fini par prendre une réalité mythique.

Ce lui fut une espèce de bonheur de constater que Muriel gagnait d'abord de ce côté. Mais à l'occasion d'une nouvelle fourche, plutôt que de redescendre vers le hameau endormi dans la brume, la jeune femme poursuivit sa route sur le chemin solitaire qui cerne les sept collines du mont Saint-Hilaire.

Laurent ne posa aucune question. Que lui importait sa destination ? Il n'échapperait pas à soi-même. Il se retrouverait bien, tôt ou tard. On longeait des vergers, des vergers toujours, entre-coupés de haies de thuyas — qu'on appelle cèdres par ici — derrière lesquelles se dissimulaient de plus rares habitations. De grands arbres feuillus ajoutaient aux tourments du ciel leurs frises fantas-magoriques. Lugubre solitude, accordée à l'humeur de deux voyageurs taciturnes. À mesure qu'on s'élevait cependant, la brume s'éclaircissait, lais-sant apparaître de violents escarpements de rocs à vif, piqués de sapins maigres et longs comme des mâts en détresse.

Tout d'un coup, Laurent se sentit détaché du monde connu de lui: il en respira mieux. Ce qu'il cherchait depuis quinze ans, parfois très loin, au hasard des évasions que lui permettaient ses affaires et celles de son père, il le trouvait ici, avec pour seule compagne cette Montagne dont il n'avait connu que l'autre face. Avec pour seule compagne... D'instinct il tourna la tête vers cette inconnue qui disposait de lui sans qu'il s'en étonnât. Leurs deux regards se croisèrent et se troublèrent. La voiture se mit à zigzaguer dangereusement. D'une main vive Laurent saisit le volant et redressa la direction du véhicule. Muriel lui sourit faiblement en signe de gratitude. Les traits de ce visage qui marquait la trentaine lui parurent d'une pureté si saisissante qu'ils devaient recéler quelque mystérieuse douleur.

— Bizarre, dit Laurent songeur, bizarre que certaines gens vous coupent l'envie de mourir à l'instant. Oserez-vous seulement me dire votre nom?

Muriel sembla hésiter.

— Mon nom qui n'est pas le mien, murmura-t-elle.

— Mariée?

— Pourquoi pas? fit-elle avec un peu d'âpreté. Et j'ai deux enfants, pour ne rien vous cacher.

Pourquoi pas, en effet? Et la vague déception de Laurent se mêle d'un soulagement secret. Il a gâché tant de sentiments dans les facilités du sexe qu'il ne se reconnaît plus le droit d'approcher une femme avec gravité... Immortelle revanche de Lucie.

Ce fut une ultime sinuosité, l'auto s'arrêta brusquement, comme la route elle-même qui n'allait pas plus avant. Une grille en fer forgé s'accrochait aux pilastres de deux murets de pierres, défendant l'entrée d'une allée béante et caillouteuse où plongeait le jet des phares. Un chien aboya dans le silence rempli de secrets qui suit la pluie tenace. Tout de suite on vit la bête, un molosse, émerger des ténèbres et s'avancer près de la barrière. La présence d'un étranger auprès de sa maîtresse lui arracha un grondement prolongé.

— C'est le bout du monde ici, commenta Laurent joyeux.

Muriel serra les dents et parut acquiescer dans l'ombre. Laurent voulut aller ouvrir; la jeune femme tira du coffre à gants une clef mangée de rouille et la lui remit. Les battants de la grille furent poussés tout grands devant le dogue qui dut retraiter en grognant après l'intrus. La voiture passa, faisant crisser le gravier. La grille rabattue, le cadenas assujetti, Laurent coupa droit par le gazon mouillé et rejoignit Muriel au moment où celle-ci s'appliquait à refermer la portière avec douceur.

Au pied d'un rideau de peupliers, un bloc imposant et blanchâtre profilait le contour indécis de sa façade sur l'énorme masse informe qui se soulevait à l'arrière-plan semblable à une vague immobile. Nulle vie ne paraissait sourdre de cette demeure hors une faible lueur qui vacillait au rez-dechaussée, un peu surélevé. Laurent compta cinq marches pour atteindre une galerie à colonnettes de bois peint.

— Pas un mot, lui souffla Muriel, tout en éloignant du pied le chien. Les enfants dorment…

La voix était mal assurée. Avant d'entrer, à plusieurs reprises elle s'emplit la poitrine de nuit humide et fraîche. Laurent la sentait en proie à quelque pénible impression morale. À cet instant seulement, il remarqua qu'elle tenait à la main un gros sac de papier fort. Il voulut l'en délester malgré sa réticence. Des bouteilles.

Sitôt la porte refermée derrière eux, Laurent sentit son corps raidi de froid se décontracter sous l'effet d'une chaleur pénétrante. À gauche de l'entrée, au fond d'une vaste pièce, un feu de bûches flambait encore, projetant ses éclats feutrés au travers d'un salon rustique à poutrelles apparentes.

Laurent posa les bouteilles sur la chaise d'entrée tandis que Muriel se défaisait de son imperméable, sans mot dire.

Comme leurs yeux s'accoutumaient à cette pénombre instable, se précisa soudain, tournée vers le foyer, la masse compacte d'un lourd fauteuil de cuir. Flanquant la cheminée, un écran de télévision n'offrait plus qu'un rectangle de clarté sans images : il devait passer minuit. Revenant au fauteuil, Laurent distingua, émergeant d'un coussin, le sommet d'un crâne aux cheveux rares et grisonnants. L'homme ronflait faiblement. À ses pieds, une bouteille de whisky renvoyait à la flamme de fauves reflets.

— Le maître de céans, grinça Muriel. Ne craignez pas trop de l'éveiller : il est moitié sourd, moitié saoûl.

Son oeil étincela une seconde avant de s'éteindre sous les paupières lasses. Elle vint s'appuyer à la boiserie du chambranle, la tête renversée, sans plus bouger qu'une statue. La pourpre et l'or des flammes inondaient de flaques étranges cette figure de morte. L'admirable cariatide, pensa Laurent, qui dit à voix basse:

— Pourquoi ne pas m'avoir abandonné sur le pont, Madame?

— Pour que vous vous jetiez à l'eau peut-être, répondit Muriel toujours impassible.

— En quoi mon sort vous importe-t-il? Votre compassion est mal placée, croyez-moi. Je m'en serais passé.

Cette fois, Muriel toisa ce malheureux qui relevait la tête. Eh bien, qu'il s'en aille, cet orgueilleux, qu'il s'en aille au plus vite! C'est déjà trop qu'il soit ici.

— J'ai eu tort. Mais puisque le mal est fait, vous partirez demain très tôt, au point du jour.

— Oui, Madame, dit Laurent humblement.

Muriel hésita, voulut se reprendre:

— Dormir sous ce toit n'est pas un mince honneur et j'en connais un qui vous le ferait payer cher.

— Votre mari? dit Laurent, lançant un coup d'oeil du côté du crâne.

Muriel partit à rire.

— Mon mari, lui? le Vieux? Suffit qu'il soit mon beau-père... Mon mari ne valait pas mieux. Seulement il a eu le bon goût de ficher le camp après une autre. Tout ça est d'ailleurs sans importance.

Vous prendrez la première chambre à droite, au haut de l'escalier — la chambre «d'ami» comme disent les gens qui ont beaucoup de chambres et pas d'amis. Bonne nuit, Monsieur.

— Je me nomme Laurent Vallois, je me souviendrai de vous.

Il lui tendait vaguement la main.

— Et moi Muriel… Muriel Garon par mariage.

Un temps durant lequel ils se dévisagèrent. Puis Muriel porta à sa tempe une main lasse, murmurant :

— Je me souviendrai de cet homme au bord de l'eau que rien ni personne ne rattachait à la vie : moi, j'ai deux enfants.

Après un dernier moment d'immobilité songeuse, sans ajouter un mot, elle fit de la lumière dans l'escalier, qu'elle gravit marche à marche, avec effort. Laurent la suit du regard : il voudrait la retenir, percer le drame qu'il pressent, il en oublie un instant le sien. Jeune et si vainement belle. Quel gâchis ! Il entend, venant du haut de l'escalier :

— Surtout, n'oubliez pas d'éteindre, M. Garon n'apprécie pas le gaspillage d'électricité. Et soyez bien parti de bonne heure, sans quoi nous aurons des ennuis.

La voix a chuchoté un peu fort. Un râle sort du fauteuil, la tête branle, se rencogne de l'autre côté. Le coussin tombe. Laurent éteint et grimpe à sa chambre à pas de loup.

Une lampe veille sur la table de chevet, éclairant un cendrier de faïence. Laurent vendrait sa vie pour une cigarette. Il la vendrait pour bien moins encore… Ainsi dormir, même si son puissant besoin de sommeil l'a quitté. Brisé, il se laisse tomber sur la rude *catalogne* qui recouvre le lit. Son esprit vacille. Mille pensées l'assaillent qu'il repousse tour à tour. Surtout il refuse de s'attarder sur l'énigme de cette villa désolée où quelques heures de répit lui sont malgré lui accordées. N'était de cette femme au profond et douloureux visage, il serait enseveli à cette heure dans les plis du Richelieu, et combien apaisé! Rien, ni personne ne le retient, a-t-elle dit. C'est la vérité, et c'est aussi son mal. N'avoir lié sa destinée à personne, à nulle œuvre valable selon ses aspirations. Au contraire, avoir fondé son existence sur cette chose affreuse accomplie dans l'inconscience de ses vingt ans : Lucie abandonnée avec son enfant — leur enfant —, tous deux sacrifiés sur l'autel des convenances familiales et d'illusoires ambitions. Qu'étaient-ils devenus? De la Martinique, quelques vagues exhortations à la patience étaient restées sans réponse. Lucie n'avait plus donné signe de vie, trop ulcérée sans doute. Laurent revivait sa rancœur, son indignation. Enceinte, était-elle rentrée à Saint-Ours, dans cette famille où elle passait pour l'étrangère, la bizarre, l'ombrageuse — parce qu' elle rêvait? Et de l'enfant, grandi maintenant, n'imaginer toujours qu'une tête blonde et rayonnante dont on ne saura jamais le sexe… Jusqu'en cette chambre de hasard — ou de salut? — le passé frappe à la porte, obsédant, et Laurent cherche en vain la clef perdue qui le délivrerait de sa hantise. Pour avoir une fois déserté l'amour, il ne se reconnaît plus le droit d'aimer, s'il en connaît la soif. Et le bonheur est un dieu mort pour lui puisqu'il n'est plus à sa ressemblance. Richesses, conquêtes, bombances, voitures, voyages, prestige d'une réussite matérielle et sociale, tout lui a été donné mais rien ne le comble puisque la trame de ses jours n'a cessé de démentir le mystère de sa vie souterraine.

Il serre les poings entre ses genoux. Plus de recours. La fuite seule lui est restée, ce départ incoercible au lendemain de la mort du père où il a tout planté là dans l'espoir de se retrouver lui-même. Foucade aux yeux des hommes qui le ramène au cœur de son enfance, au bord de cette Montagne inescaladée sauf en rêve, en ce pays ancestral des seigneurs de la terre, misérables et libres… Et dire qu'il avait eu la naïve précaution de laisser une note à ses collaborateurs les avertissant d'un éloignement forcé et peut-être prolongé comme si la machine industrielle mise en place par son père et dont il était dès lors le bénéficiaire risquait de se détraquer sans sa présence parasitaire, comme si les commandes spéciales livrées aux autorités de l'Exposition universelle n'assuraient pas pour de longs mois encore des rentrées infaillibles, sans qu'il eût mieux à faire qu'à calculer et percevoir les retours d'une affaire d'or… Des productions que d'autres ont conçues, construites, montées à son profit, alors que — pourquoi pas? — il aurait pu créer, enseigner, souffrir pour quelque juste cause qui ne fût pas celle de sa misère de patron malgré lui.

Il leva les yeux sans rien voir ni des murs ni des meubles. Tout était vide, vide. Le silence seul lui bourdonnait aux oreilles. Oppressé, il s'approcha de la fenêtre, l'ouvrit d'un geste brusque, enfonça les volets d'un coup de poing. La vaste palpitation du firmament nocturne entra dans la chambre, envahit son esprit, s'accorda pour un instant à son grand tremblement intérieur. Dans la paix solennelle qui suit l'averse, des perles d'eau s'égrenaient de feuilles en feuilles ainsi qu'au jardin saccagé de sa mémoire les notes de guitare qu'il faisait tinter autrefois pour l'émerveillement de Lucie.

Dieu! que cette nuit-là fut longue! Aussi longue que toute sa vie antérieure, lui sembla-t-il. Sans cesse il revenait vers son passé dans l'espoir futile de retracer jusqu'à la cassure le fil rompu de sa liberté. Fouillant, creusant dans le sable noir de ses jours, il restait en pleines ténèbres. Il y marchait, il y souffrait, il s'y haïssait. C'étaient les fluctuations informes d'un esprit égaré, accablé sous le fardeau d'une mauvaise conscience qui se venge. Comment, par quels détours en était-il venu à entrer dans le jeu de cette société honnie? Et que lui faudrait-il pour se dégager des liens étouffants d'une démission tissée jour après jour? En son cœur alternaient la colère avec l'amertume, un désir de solitude totale avec un poignant besoin de renaître à l'amour. Comme si le temps pouvait se délier! Là où une autre conscience, moins obscurément meurtrie, n'eût discerné qu'une existence banale, voire chanceuse, il apercevait son âme. Cette âme libre, libre encore de désobéir, qui lui avait valu le surnom du Farouche.

— Laurent le Farouche, où es-tu caché? Dans le grenier encore! Veux-tu descendre de là immédiatement et cesser de perdre ton temps à rêvasser ou je ne sais quoi!

Non, Laurent n'était plus farouche: le monde l'avait apprivoisé, ce monde où l'on ne lit, ni ne rêve, ni ne joue de la guitare. Qu'un si long espace de vie il eût mis sa conscience en veilleuse, voici qu'il en frémissait devant le grand océan étoilé. L'impossibilité de ranimer tant de saisons mortes le désespérait. Et qu'est-ce qui lui assurait que ses jours et ses nuits n'iraient pas en pourrissant encore et toujours comme autant de fruits tombés pour personne?

— Rien à faire, le monde est une dégénérescence, c'est biologique, déclare grand-père, intraitable.

Et tandis que dans le clair de l'ombre s'élève un croissant de lune, Laurent se remémore la carriole au grand soleil, les longs monologues à coups de sentences définitives, inintelligibles au petit garçon qu'il était mais où vibrait quelque puissant refus du siècle.

— Et comment s'en étonner? Tout pour l'argent, cette déjection. Jusqu'à cette guerre qui fait le beurre des marchands de bombes! Ah! la malfaisance humaine...

Et ce que le Farouche entendait sans le comprendre faisait son chemin en lui, modelait ses songes. À trente-cinq ans passés, son père mort, il l'entrevoit dans la nuit claire, au bord de la Montagne. Et il ne se demande plus quelle impulsion l'a jeté, démuni, aux rives de son enfance, mais plutôt quelle compassion insolite l'a rescapé de l'indifférence des hommes à l'heure où tout allait se taire enfin.

Mais voici que, dégénérescence lui-même, il se voit interdire la porte de l'amour sauveur comme jadis le refuge du grenier, et sans qu'il ait encore la liberté de s'insurger. Amour, fraternité, justice, belles statues aux yeux creux que la vie humilie au fil des jours, jusqu'à ce que ne trouvant nulle part d'issue un homme, quelque part, sente l'appel du néant comme l'unique délivrance.

La nuit croulait sur la Montagne. Un halo secret nimbait d'indigo les contours fuligineux du massif écrasant et solitaire. L'aube en pointant enveloppait le profond du ciel d'un voile très pur en même temps qu'elle argentait à l'horizon les longs champs parallèles, diversement sombres. Au spectacle de cette nature renaissante, troublée à peine par le pépiement de moineaux invisibles, Laurent émerge lui aussi de sa nuit. Dans la pâleur de la chambre, les rares meubles semblent flotter, et Laurent lui-même. Alors de cette irréalité surgit l'image de Muriel qui lui commande de partir au devant de sa mort. Ivre de froid, de faim, de sommeil, il titube vers la porte; ses genoux butent contre le lit, sur lequel il s'effondre à plat ventre, face dans la rugueuse catalogne. Au bout d'un instant, il dort d'un sommeil sans étoiles.

Des éclats de voix le réveillèrent en sursaut. Il souleva la tête et du poignet s'essuya les paupières qu'il avait toutes collées, comme s'il eût pleuré. Il faisait grand jour. Un papier-tenture fleuri de violettes et de marguerites composait son horizon. Où était-il? Il se souvint seulement qu'il devait partir et sauta sur ses jambes. Les voix redoublaient d'intensité. Un coup d'œil par la fenêtre le rassura : il pouvait encore s'échapper sans être vu, en prenant appui sur la saillie d'un appentis qui venait s'arrêter juste sous son regard.

Avant de prendre ce parti, il revint vers la porte et prêta l'oreille. Les bruits de voix s'apaisaient, ou s'éloignaient. Ce n'était plus qu'un bredouillement entrecoupé d'exclamations. Peu à peu le détail des scènes de la veille se précisait dans son esprit, la figure de Muriel se détachait des ombres de la nuit. Mû par une curiosité impérieuse, Laurent ouvrit la porte avec précaution. Sur l'étage il compta cinq autres portes, dont l'une entrebaillée ; aucun son ne provenait de là. L'ensemble, tout en boiseries, laissait une impression de vide, de vétusté et de vastitude. S'enhardissant, Laurent se glissa sur le palier et se pencha pour entendre.

— Deux heures qu'il a toussé! Deux heures je te dis, s'éraillait une voix, celle du Vieux certainement. Et tu me crois sourd peut-être? Ce sont tes enfants après tout, pas les miens.

— Vous n'avez qu'à faire vos commissions tout seul, ripostait Muriel avec véhémence. Est-ce que je pouvais prévoir que ça le reprendrait? Il suffisait de demander votre ami le docteur Bonneau. Mais vous avez le cœur trop imbibé de votre whisky américain, votre *bourbon* de malheur!

— Le docteur, le docteur, maugréait le Vieux... Et qui c'est qui va le payer, ce coquin de Bonneau?

— Entre amis...

— Je n'ai pas d'amis, tu m'entends? Je n'en veux pas! Je n'en ai pas besoin!

— Eh bien donnez-moi ce qu'il faut et je m'arrangerai.

— Te donner, toujours te donner... Mais passer la nuit au salon, je t'y verrais! Encore si tu rentrais à des heures convenables. Ah! pour ça, tu le prends bien ton temps, ma fille. À se demander...

— Ça ne vous regarde pas, coupa Muriel. Et ce n'est pas le souvenir de votre cher fils qui m'empêcherait... Ni certaines de vos manières que je n'aime pas.

L'autre étouffa un juron, et Laurent entendit son pas s'éloigner. Mais l'homme parut se raviser et revint jusqu'au pied de l'escalier, au point que Laurent put voir sa grosse patte noueuse posée sur le poteau de la rampe.

— Ma casquette, trouve-moi ma casquette... Non, amène-moi la jument. Ce sera bien le diable si je ne mets pas la main sur un voleur de pommes.

— Plutôt les laisser pourrir au sol que de penser qu'elles pourraient être utiles à quelqu'un.

— C'est toi qui vas le payer le journalier? Deux dollars de l'heure, bougonna le Vieux en s'engageant dans l'escalier.

À peine eut-il le temps de grimper deux marches que Muriel, le devançant, s'interposa.

— Laissez-moi y aller, M. Garon, dit-elle avec un imperceptible tremblement. Je vous la rapporte votre casquette.

— Tiens, v'là qu'on fait du zèle à présent, grinça l'autre. Va plutôt me seller Crème-de-blé, si tu veux qu'on continue à t'entretenir...

— À ce prix-là? Je ne suis pas un palefrenier, je ne le suis plus, même si je reste votre domestique, s'indigna Muriel. Allez-y vous-même. Vous risqueriez d'entendre Vincent tousser.

Ce disant, elle précède le Vieux dans l'escalier. Le temps de regagner sa chambre et de s'enfermer, Laurent entend, venant de la porte entrebâillée, un appel plaintif d'enfant et la voix de la mère qui de loin prodigue des paroles de patience. En un clin d'œil, la fenêtre est ouverte; Laurent enjambe l'appui et se coule dehors. Au bruit de sa chute dans l'herbe froissée, le chien qui sommeillait au soleil, la tête entre les pattes, la langue pendante au bout des crocs, dresse l'oreille, bondit, accourt, aboie, au risque d'ameuter toute la campagne. Laurent hésite une seconde, prend son parti. Dogue aux trousses, il contourne l'angle de la maison et longe le lierre qui court sur la façade.

Il sonne à la porte, qui finit par s'entrouvrir.

— Je cherche de l'ouvrage, Monsieur. Deux nuits d'affilée que je dors à la belle étoile.

— Quel ouvrage? rétorque le Vieux, bourru.

— Par les temps qui courent, pas question de faire le difficile.

Le Vieux toise Laurent de son œil pointu, soupçonneux. Il lui trouve l'air costaud. Il dit:

— Est-ce que j'ai les moyens, moi, d'engager un homme à temps plein?

— Pourvu qu'on me donne un toit avec quelque chose à manger, ça ira.

— Ouais, réfléchit le Vieux en pensant à ses pommiers. Rien d'autre?

—Les temps sont durs, Monsieur.

Le Vieux branle la tête, se décrasse l'oreille. Derrière toute affaire trop avantageuse, sa cautèle flaire anguille sous roche. N'importe : l'aubaine est trop bonne s'il suffit de quelques plats de ragoût pour lui assurer une récolte de douze cents, quinze cents billets. Pas de petits profits pour le père Garon, comme on chuchote dans le pays. Quinze cents dollars à venir s'agréger à un confortable avoir en liquidités, obligations, titres de rente, valeurs boursières et surtout en immobilier car, au vrai, le père Garon n'a jamais cru qu'en la solidité de l'immeuble, tombât-il en ruines ; aussi bien possède-t-il, à l'abri de l'inflation, plusieurs pâtés de taudis du côté de la rue Sanguinet à Montréal dont il tire bon an mal an, et presque sans frais d'entretien, un substantiel revenu. Il n'y a que ses arbres fruitiers qui ne rendent pas comme ils devraient. Non qu'ils ne produisent pas, au contraire. Ses pommiers comptent parmi les plus beaux du comté de Rouville, et pour le verger on n'en connaît peu d'aussi étendus de ce côté-ci des coteaux, s'allongeant sur près de quatre-vingts acres le long des escarpements. Mais les frais d'exploitation, y inclus le coût de l'arrosage aux insecticides, annulent, autant dire, le bénéfice anticipé.

— Ouais, se lamente le Vieux, le marché de la pomme n'est plus ce qu'il était, et tant que la vente du cidre ne sera pas légalisée... C'est pourquoi je n'ai fait arroser que deux fois cette année. Et puis autant vous prévenir : pas de machines ici comme en ont les pomiculteurs de l'Ouest, rien qu'un escabeau à pommes avec une bonne vieille échelle. Pour le transport, par exemple, une brave jument dont vous prendriez soin. Tout ce qu'il faut en somme à un gaillard comme vous pour me cueillir ça dans le mois et demi sans quoi tout risque de se perdre avec les gelées d'octobre... Ah ! du temps de mon garçon, on y arrivait sans s'esquinter. Les temps sont durs pour tout le monde, l'ami. Chacun son lot. Mais si l'ouvrage ne vous fait pas peur, y a ici pour sûr de quoi vous occuper. Pour le gîte et le couvert, ma belle-fille que voici y verra.

Muriel croit rêver. Tandis qu'elle tend sa casquette au Vieux, elle écarquille de grands yeux noirs sur Laurent, imperturbable.

— Expliquez-vous ensemble, vous en aurez le temps, dit le Vieux en descendant les marches du perron et ajustant bas sa casquette à visière pour se protéger de l'éclatant soleil de septembre. Il se retourne :

— Vous ne vous êtes pas nommé, garçon ?

— Laurent Vallois, répond l'autre avec un brin d'hésitation. Muriel baisse les yeux.

— Vallois ? Tiens, le gendre de notre ancien maire de Saint-Hilaire était un Vallois, remarque le Vieux déjà méfiant. Je me demande ce qu'il est devenu... J'ai ouï dire au village qu'il faisait beaucoup d'argent dans le meuble, à Montréal...

Un coup d'œil vers Laurent le rassure : visiblement, ce pauvre hère ne se chauffe pas du même bois.

Après quelques pas, il se retourne à nouveau:

— L'écurie est au premier tournant, sur la gauche, dit-il en haussant la voix. Vous verrez les ornières et le petit pont. Tout droit c'est le chemin qui fait le tour de la propriété.

D'un geste possessif, il désigne le domaine planté de pommiers, puis il s'enfonce sous les arbres. Ample et soleilleuse, la campagne est toute bruissante de grillons et de cigales.

— Je ne m'attendais pas... dit enfin Muriel, rompant leur silence gêné.

— À quoi? Moi non plus je ne m'attendais pas à vous revoir. Mais il faut bien vivre, non?

— Hier, on en aurait douté. Mais *qui* êtes-vous? Journalier, ça m'étonnerait... Et pourquoi n'êtes-vous pas parti à l'aube comme c'était convenu?

Laurent s'est accoté à l'encadrement de la porte d'entrée qu'il gratte de l'ongle avec une feinte application.

— Est-ce que je sais? Sans doute que j'avais sommeil, répond-il sans lever la tête.

— J'ai l'impression que vous auriez mieux fait de vous en aller...

Laurent ne dit rien.

Dans le calme du jour, un frisson parcourt le rideau de peupliers qui borde du côté nord le muret mitoyen. Tout est plein d'ombres et d'éclats. Invisible derrière la maison, la Montagne se fait présente, énorme, mystérieuse, comme au temps des rêves innocents. Or l'innocence est morte avec l'amour au cœur de Laurent. Pourquoi est-il resté?

Pourquoi est-il venu? Muriel? Le sens des choses, ses propres motifs, lui échappent. Et que pourrait une ultime désillusion? De temps en temps leurs regards se cherchent et se croisent comme autant de questions sans réponses.

Laurent partit dans la direction que le Vieux avait indiquée. Le ponceau franchi, sous lequel coulait un ruisseau encaissé, sans peine il trouva la baraque qui servait d'écurie à la jument aussi bien que de remise. L'odeur de foin, d'avoine, de fumier, de cuir, de bran de scie composait une symphonie familière. Il ferme les yeux et revoit, avec la stalle de Victoire aménagée à flanc de bâtiment, tout le bric-à-brac merveilleusement campagnard du hangar de grand-père: charrette, carriole, brancards, selles, faux, fourches, brouette, chevalets, scies multiformes, et les hautes cordées de bûches montant jusqu'au toit. Et c'est avec les gestes de grand-père qu'il détache le licou de la jument, lui tapote l'encolure du plat de la main, lui lisse la crinière, ramenant derrière les oreilles la touffe hirsute qui voile les larges yeux tournés vers lui avec une curiosité qu'on dirait fraternelle. Et c'est grand-père encore qui lui donne son picotin d'avoine avant de la tirer de l'obscurité pour la mener boire au ruisseau, tout bouillonnant du déluge de la veille. Malgré les os saillants de sa croupe maigre, Crème-de-blé était une belle et brave bête, encore nerveuse et piaffante pour ses quinze ans, un rien rétive, mais facile à vivre et se prêtant à la selle comme au trait. Sans se presser, Laurent lui passa le collier, les sangles et tout le harnais. Une charrette à ridelles traînait dans le gazon des alentours : il l'y attela du mieux qu'il pût. Des mannes d'osier empilées dans la remise furent chargées sur la charrette ainsi qu'une longue escabelle à trois pattes propre à la cueillette des pommes. Cela fait, Laurent s'en fut parmi les arbres tordus, tirant son attelage par la bride et piquant force pommes au passage car il n'avait rien avalé depuis vingt-quatre heures. Sous les branches alourdies, Laurent marchait sans penser à rien, humant l'exhubérant parfum de milliers de pommes mûres. Sans penser à rien sinon qu'il se trouvait bien aise et plus sage encore d'être si loin de la multitude aux passions démentes et futiles, tout au chaud d'une nature épanouie, généreuse jusqu'à l'indifférence. Mais une fois rejointe l'allée principale, il ne fut pas long à tomber sur le Vieux qui mâchonnait un bout de cigare adossé par terre au tronc d'un pommier.

— Pas trop tôt, l'ami ! Si vous pensez qu'on vous paye rien que pour rafler nos...

— Qu'on me paye ? railla Laurent. Première nouvelle.

Le père Garon se leva en grommelant des syllabes indistinctes. La gouaille aux lèvres, Laurent se laissa instruire sur la façon de cueillir les pommes sans les abîmer, toutes les pommes, même celles déjà tombées au sol ou qu'un ver grugeait de l'intérieur, pourvu qu'elles eussent belle apparence. Mais Laurent n'entre pas dans ces façons et dès que le Vieux a le dos tourné, foin des recommandations ! Éliminant les fruits véreux ou abîmés, il travaille sans désemparer le reste de la matinée. Si mûres sont déjà les pommes qu'il lui suffit de secouer les branches avec sa vigueur naturelle pour que la plupart se détachent d'elles-mêmes. Mais, de branche en branche, il prend soin de les ramasser au fur et à mesure, de peur qu'elles ne se meurtrissent en s'écrasant en masse les unes contre les autres. Pour encore gagner du temps, demain il se munira d'une toile, d'un drap, qu'il étalera au pied des arbres : ainsi pourra-t-il déverser d'un coup sa cueillette dans les mannes. Pour l'instant, il les remplit avec une alacrité qui le prémunit contre la tentation d'approfondir le paradoxe de sa situation. Quinze ans à porter un masque, le voici sous un autre masque, mais qui ne lui pèse pas.

Midi avait sonné depuis longtemps au clocher de Saint-Jean-Baptiste qui pointait là-bas dans la plaine. L'heure était verte et bleue, l'air en suspens, le ciel impénétrable. Le poids du jour commençait à se faire sentir. Déshabitué de l'effort physique, Laurent s'arrêta, s'épongea le front. Il avait commencé par la partie extérieure du verger en regard de la Montagne, la plus exposée au soleil, là où les branches fléchissaient le plus sous les grappes de pommes rouge foncé. Aveuglé de lumière, tenaillé par la faim, il hésitait à rentrer, ne sachant ce qu'on attendait de lui.

Subitement, sans qu'il l'eût vue ou entendue s'approcher, Muriel se trouva là, devant lui. La jeune femme était porteuse d'un petit paquet enveloppé de papier ciré ainsi que d'une bouteille thermos.

— Monsieur, prononça-t-elle, gênée... Monsieur Laurent...

Elle s'excusa de son retard. Puis expliqua avec grand embarras que M. Garon souhaitait que «l'homme engagé» passât la journée au verger. Il en serait ainsi chaque jour, vue l'urgence du travail. À l'avenir l'aide agricole emporterait lui-même chaque matin les sandwichs et le thermos qu'elle lui préparerait.

— Comme l'autorité en aura décidé, dit Laurent amusé, en retenant par la bride Crème-de-blé qui avançait insensiblement pour mieux brouter l'herbe qui poussait haute entre les ornières du chemin.

Muriel fit trois pas vers Laurent pour lui remettre son lunch, puis s'éloigna comme à la hâte, sans un mot.

— Merci! cria Laurent, et puis tout de suite: Un instant, belle enfant brune! Vous n'auriez pas une cigarette dans votre joli tablier? C'est moins que de rendre la vie aux gens.

Il se mit à rire tout seul. Muriel s'était retournée et posait fixement les yeux sur l'étranger, sans faire un mouvement.

— Vous étiez plus hardie hier soir, continua Laurent en mordant dans un sandwich au jambon. Rassurez-vous, je n'en aurai pas pour longtemps.

Un nuage voila le soleil et l'on sentit l'air frais de septembre. Laurent reprit songeur:

— Pas pour bien longtemps.

Muriel considéra les mannes de pommes vermeilles qui alourdissaient déjà la charette et dit:

— C'est vrai. Rapide comme vous l'êtes, vous aurez fini avant la fin du mois.

Laurent s'approcha d'elle, avec un air de connivence.

— Je peux étirer le travail… Ça vous ennuierait? Non, je parle sérieusement.

Muriel hésita. Qui était-il, ce perdu?

— Peu importe. Tout ce qui arrive finit par faire mon malheur. Ou celui de quelqu'un. Cette maison est maudite. J'ai mal fait de vous amener ici.

Elle baissait la tête, en sorte que Laurent ne distinguait pas son expression. Il dit:

— Mal fait surtout de m'avoir tiré vivant du Richelieu si vous me demandez mon avis.

— Je ne sais pas… J'aurai peut-être gâché votre désespoir comme je crains qu'on ne gâche le mien.

Sitôt prononcées ces singulières paroles, ses lèvres frémirent et elle parut extrêmement troublée. Son regard flotta au loin, celui d'une âme en dérive, jusqu'à ce qu'elle se ressaisît:

— Par bonheur un jour vient où plus rien n'a de conséquence, dit-elle, un sourire perdu au coin des lèvres. Ce temps viendra, comme les autres.

Laurent soupira bruyamment, détourna le visage.

Sous le soleil qui la dépassait maintenant, la Montagne sembla soudain se renverser sur elle-même; de grands pans d'ombre s'accrochaient à chacune de ses aspérités, se déployant comme des draperies d'automne. D'un coup le jour entrait dans son déclin. Oui, tout ce qui a commencé trouvera sa fin, songeait Laurent apaisé. Et, grâce à Muriel, il prenait conscience de cet instant inexorable et clément où déjà, sans qu'il y paraisse, la nuit est en marche et plus rien n'a d'importance…

— Non, je n'ai pas de cigarette, jeta Muriel abruptement. Et elle s'enfuit.

Laurent regarda son ombre se dissoudre parmi les feuillages sans chercher à la retenir, bien qu'il en éprouvât le poignant désir.

Dès lors, ils s'évitèrent le plus possible. Le repas du soir, Laurent le prenait seul à la cuisine après les deux garçons. Muriel servait son pensionnaire en silence, après quoi, Laurent, n'alléguant même pas le harassement du jour, se hâtait de regagner sa chambre où il se cloîtrait dans ses pensées sombres. On lui avait assigné, non plus la chambre d'ami, mais la chambre «de bonne» contiguë à la cuisine et dont la fenêtre ouvrait sur un jardin potager grand comme la main et au-delà, toute noire et proche, la Montagne, bouchant le firmament. Jusqu'à son coucher, il n'avait de cesse d'arpenter de long en large son étroit réduit que n'encombrait aucun superflu: un lit de fer, une chaise de cuisine, une étroite commode d'enfant ayant subi tous les coups de pieds du temps. Au-dessus de celle-ci, un calendrier vieux de trois ans et, à la tête du lit, une image pieuse figurant un Sacré-Coeur sanguinolent dans le goût populaire, soulignaient la nudité lézardée des murs.

Telle est la prison où cette âme errante prétend reconquérir une raison d'être. Comme s'il méconnaissait la fragile imposture de sa déchéance! Allégé d'une fortune qu'il renie sans en être dépossédé, il s'offre encore le luxe d'un faux dénuement, profitable seulement à une brute au cœur plus dur que le sabot de sa jument. Laurent se donne la comédie de l'iniquité du sort, il le sait, et que ce jeu est vain. Mais devant la mort qui rôde, que faire pour légitimer une existence sinon la réduire au minimum? Vanité de l'appel aux hommes dont il s'est volontairement exilé. Et puis les hommes, dérision! qu'attendre du vieil avare qui l'exploite? Il lui naît des envies de le balancer dans le néant, celui-là, comme le symbole féroce de ses années vouées au lucre. Superposée à l'image de Lucie la fière, Muriel seule le retient ici, mais s'il l'entraînait dans sa disgrâce? Il a tant abusé des gestes de l'amour qu'il se défie mortellement de tout élan trop humain. Mais fermer la porte aux sentiments, se faire un cœur vacant, se désister du mensonge des tendresses — comment y prétendre tant qu'une ultime chaîne l'empêche de partir au loin? au loin tout de suite? C'est demain qu'il partira. Demain, afin de n'avoir plus rien à perdre en cette vie que la mémoire, cette conscience des exilés. Demain...

À dix jours de son embauche chez le père Garon, un soir qu'accoudé à la commode il mordait son poing dans le noir, Laurent entendit qu'on frappait faiblement à sa porte. C'était Muriel. Elle se faisait du souci pour lui, trouvait qu'il manquait de tout. Elle parlait à voix basse, semblant toujours redouter quelque chose. Laurent fit de la lumière, la pria d'entrer. Il la sentit plus à l'aise.

— Vous êtes arrivé ici sans rien. Ce n'est pas une raison parce que vous jouez au travailleur agricole...

— Que je joue?

— Je ne suis pas une enfant. Ce sont vos raisons qui m'échappent.

— À moi de même, rêve Laurent tout haut, elles m'échappent grandement.

— Mais elles n'ont pas à me concerner, moi… Ecoutez, je vais à la ville demain et j'ai un peu d'argent, par miracle. De quoi avez-vous besoin ?

— Il me faudrait des chemises habillées, des souliers vernis, des cravates de soie, des mouchoirs de fantaisie… Ainsi seulement serais-je digne de vous.

— Je vous demande d'être sérieux, Monsieur Vallois.

Laurent garda le silence. Il souffrait de ce « Monsieur Vallois ».

— Soit, dit-il enfin. J'ai besoin de polos de rechange, d'un *blue-jean,* d'un pyjama, d'un rasoir… Mais au fait, avec quoi payer tout ça ?

— Je retiendrai sur votre salaire.

— Vous voulez rire ? Je travaille pour la gloire, ma chère dame ! Pensez-vous que les services d'un homme de mon mérite ont une valeur monnayable ?

— Vous travaillez pour rien ?

La figure de Muriel refléta l'effarement. Sa main se porta à l'échancrure du lainage qui la moulait. Engagé sans gages ? Elle songea au Vieux. Par quelle aberration de l'un ou quelle monstruosité de l'autre ?…

— Et vous acceptez cette humiliation librement ? s'exclama-t-elle. Moi, je n'ai pas le choix d'être ou non son esclave, mais vous ?

Esclave — le mot a retenti comme la foudre dans la conscience de Laurent. Il revoit Charlette, la vierge d'ébène native de la Martinique, employée six mois comme domestique chez ses parents aux temps lointains de ses treize ans, Charlette à qui il devait ses rêveries d'exotisme. Il revoit ce jour d'orage où il l'avait entraînée dans son grenier pour lui faire partager son monde à lui comme à une sœur doucement aimée. Tous deux surpris par le père, Charlette accusée de tentative de séduction, il revoit le congédiement brutal, destructeur de toute justice, de celle que sa race vouait à un éternel esclavage. Quelle sourde révolte s'était alors emparée de l'enfant farouche, pour qu'aujourd'hui Laurent marche droit à Muriel, la saisisse aux poignets, et lui dise en serrant les mâchoires:

— Je ne suis l'esclave de personne, vous m'entendez? Pas plus que nul ne sera jamais mon esclave! Je suis chez vous de mon plein gré et jusqu'à tant que j'en aie assez, comprenez-vous? Une servitude comme la mienne, librement consentie, ce peut être une victoire sur soi, comprenez-vous?

— Laissez-moi, dit Muriel à Laurent qui ne lâchait pas prise. Laissez-moi donc. Vous me faites mal.

L'homme entrouvrit les mains et les considéra avec une espèce d'épeurement, comme si elles avaient été celles d'un autre.

— Pardon, dit-il d'une voix rauque.

— Je ne m'étonne de rien. Ici c'est l'enfer, ne le savez-vous pas?

Instinctivement, ils regardèrent autour d'eux, ils écoutèrent les bruits de la maison. Par-dessus le ronron de la télévision, Vincent toussait, le grand-père vociférait, Georges ricanait, le chien aboyait.

Une horreur.

— Oui, je sais, murmura Laurent en s'adossant à la commode éclopée. Ses yeux se plissèrent, il parut se raidir sous l'effet d'une contention extrême. Comprendre. Comprendre le sens des choses humaines.

Comme il se taisait, en proie à d'infinis ressentiments, Muriel dit :

— Après tout, je suis peut-être bien folle de m'en faire pour vous. Aimez donc votre liberté de grand seigneur indigent.

Vincent eut une poussée de toux. Muriel tressaillit, esquissa un mouvement vers la porte.

— Non, ne partez-pas !... pas tout de suite...

— Vous n'entendez pas Vincent ?

Toujours cet enfant maladif au cœur de sa vie... Était-il donc jaloux ? Ne pouvait-il supporter...

— Disparais, toi ! hurla le Vieux depuis la salle de séjour. Il se produisit un remue-ménage. Vincent battit en retraite en pleurnichant. Il entra dans la cuisine, traînant les pieds, quêtant sa mère. On le privait de télévision. Où était la justice ? Ça lui était naturel de tousser, il ne s'en apercevait même pas. La plus belle émission de la semaine ! Georges avait tout, lui, jusqu'aux rêves en couleurs. Et maman qui n'était pas là...

Il quitta la cuisine et on l'entendit grimper marche à marche en reniflant. Muriel serrait les lèvres, proche de pleurer. Laurent lui dit :

— Je ne vous retiens pas.

— Oui, c'est déjà trop, murmura-t-elle.

Elle ne bougeait pas cependant, toute à sa détresse inaccessible. Elle ouvrit encore la bouche :

aucun son n'en sortit. Tout à coup elle sentit les doigts de Laurent qui glissaient le long de ses cheveux flottants. Elle eut un réflexe de recul.

— Ne me touchez pas, dit-elle. Vous voyez bien que je me dois à mon fils.

Comme à contrecœur, elle s'éloigna d'un pas mal assuré. À peine si Laurent se rendit compte de sa disparition. Pourtant il n'a de pensée que pour elle. Ses yeux vagues fixent le mur vide, comme dans un effort pour pénétrer l'invisible. Que fait-il à s'attarder au pied de cette Montagne bordant la vallée de son enfance, que cherche-t-il sinon à renouer avec un rêve interrompu depuis les leçons de réalisme d'Edith Hampton, la Circé des Tropiques et les grands choix décisifs qui appellent la tempête? Facile au regret de revenir sur la vie vécue, la chair marquée, — pas plus que le vent, l'esprit d'un coup d'aile n'efface la trace des créatures. «Je me dois à mon fils...»

Laurent vint à la fenêtre, l'ouvrit toute grande. Une puissante odeur de résine entra mêlée à celle des pommes de l'ombre. La Montagne endormie semblait toucher les constellations.

Vincent toussa toute la nuit, à s'arracher les poumons. Le Vieux pesta, jura, tempêta.

— Enfant de malheur... Si j'étais sourd, tu penses que ça me dérangerait tant que ça? Et dire que c'est moi qui fais vivre ce monde-là...

Muriel le renvoyait à sa bouteille et tentait par tous les moyens de calmer ces quintes convulsives qui la déchiraient à l'égal de son enfant. À de certains moments les halètements tournaient à la suffocation au point qu'elle tremblait que Vincent ne retrouvât jamais son souffle. Cette toux sèche n'était pas nouvelle; elle éclatait, sporadique, depuis un an, mais la mère était restée jusqu'à ce jour en deçà de la véritable alarme, se bornant à administrer ces remèdes brevetés, ces sirops magiques, qu'on trouve partout et qui apportent un répit sans nuire au mal. Consulté, le Dr Bonneau, successeur à Saint-Hilaire du regretté Dr Delaigle, avait été formel: ce n'était pas une affection de la poitrine, pas même une bronchite, mais une bénigne trachéite, persistante comme cela se produit, et qui pouvait bien faire manquer l'école souvent. Le temps, le bon air des coteaux, arrangeraient tout. Or ni le temps, ni les coteaux n'arrangeaient rien et ça piquait toujours. C'est ainsi que, trop secoué, Vincent s'étiolait longuement, si longuement qu'on ne s'en apercevait guère, d'autant qu'en dehors de ses crises, il ne se plaignait jamais grâce à cette faculté qu'ont les enfants d'oublier leurs misères sitôt qu'elles ne les importunent plus. Chétif, pâlot, avec quelque chose de hautain dans sa mince figure — il méprisait les jouets —, Vincent vivait replié sur lui-même. Attaché à ses possessions, il ne prêtait pas ses livres, rougissait ou se fâchait au moindre reproche, n'admettant pas d'être pris en faute. Sa faiblesse le condamnait à l'orgueil. En lui Laurent retrouvait quelque chose de son enfance, accentué par la maladie. Aussi l'enfant lui inspirait-il un double et vif sentiment d'attirance et d'aversion, comme s'il se fût regardé à distance dans une glace à peine déformante, sentiment auquel se mêlait une étrange compassion, voisine de celle d'un père pour son fils — ce fils inconnu dont l'existence le hantait et qui souffrait peut-être quelque part en ce moment, à cause de lui.

Trois heures du matin. Le froid imprègne la chambre humide. Dehors, sinistre, le vent gémit. Après toutes sortes de soins et de gâteries — massages, onguents, gouttes, pastilles, bonbons —, Muriel, à bout de forces, s'est allongée contre l'enfant pour le réconforter, lui tenir chaud, lui essuyer les joues, le distraire de ses « picotements » en lui contant pour la septième fois l'histoire de ce petit tailleur qui tuait ses sept mouches d'un coup et avait raison d'un géant. Mais l'émerveillement passé, Vincent retombe dans son corps brisé par les accès de toux, recroquevillé autour de la petite âme navrée. Dans le noir, se contraignant à la fortitude, Muriel ravale de longs sanglots muets.

Quatre heures. De guerre lasse, la mère va s'assoupir lorsqu'une nouvelle crise lui fait froid au cœur. À bout de ressources et de résistance, elle se sent sombrer dans un océan de solitude. Sa vie claustrée, sa vie de recluse, n'a pas encore connu un tel affaissement. Quoi faire ? À moi, Laurent ! se retient-elle de crier… Pourtant elle descend au hasard, évite le salon où le Vieux somnole devant des braises, traverse la cuisine. Hésitation, cruauté d'un doute : et si la souffrance de Vincent n'était que prétexte ? Quel secours attendre du mystérieux étranger, de l'aventurier, sait-on, qui dort là bruyamment derrière la porte, trop en proie à ses propres tourments pour partager les siens ? Car il souffre, à n'en pas douter. À quel irrésistible appel de mort ou de vie répondra-t-il bientôt d'où elle sera exclue? Insensée qu'elle est de l'avoir tiré vivant du Richelieu pour qu'il vienne couronner d'un sentiment d'abandon son déplorable sort...

Un faible cri traverse le silence de la maison:.

— Maman, viens, j'ai mal...

Trêve de scrupules, au diable sa fierté de femme, pour ce qu'elle vaut. Son poing se lève, frappe. S'interrompent les sifflements d'une respiration difficile. Au travers de la porte, elle s'entend qui bredouille:

— Laurent... Monsieur... Pardonnez si je... Écoutez: Vincent est malade, il faut faire quelque chose.

Et Laurent, qui s'est couché tout habillé comme d'habitude, de sauter à bas de son lit, de tirer la porte et de monter devant elle. Pour Vincent, son reflet douloureux, Laurent a des ailes... L'enfant est en nage, des larmes lui trempent la face. Il se raidit contre un nouvel accès. Nerveuse, incoercible, la toux éclate dans un bruit de soie déchirée. Quintes inextinguibles, halètements, suffocation. Pris d'une espèce de rage contre cet acharnement du Malin sur l'innocence indéfendue, Laurent saisit, soulève l'enfant à bras-le-corps, le secoue comme il secouerait une machine déréglée. Peine inutile. Il l'empoigne par les chevilles et le maintient tête en bas. Un filet de bave sanguinolente s'échappe de la gorge et coule sur la descente de lit.

L'enfant s'apaise. Laurent le dépose sur le lit avec une infinie douceur, tout à la crainte de déclencher une nouvelle salve de toux, dévastatrice. Les traits tirés du garçon, sa mine creuse, offraient alors un frêle sourire, où affleurait une suprême lassitude, moins prière inexorable que souffrance qui ne sait pas demander sa raison. Et Laurent songeait que la terre était remplie de corps étrangers à elle, à ses fastes. Son propre passé, dont la vague venait mourir au bord de cette heure même, reflua en lui, non sous la forme d'événements précis, de souvenirs heureux ou misérables, mais pareil à une immense étreinte peu à peu refermée sur son impuissance. Instinctivement, il chercha la main de Muriel et la pressa, violemment. Il lui sembla que la jeune femme ne se dérobait pas. Il n'y avait donc que leurs blessures pour rapprocher les humains?

À la même heure, alors qu'au loin les coqs se répondaient, Georges, l'aîné, que Muriel tenait en inconsciente aversion parce qu'il lui rappelait trop son père, dormait toujours dans la chambre voisine de l'invulnérable sommeil des enfants vigoureux. Au salon, le père Garon cuvait son whisky devant la cheminée près de laquelle il avait allongé ses courtes pattes de vieux rapace. Le chauffage central en septembre, il en eût ri, si dur était-il pour lui-même et pour les autres. Une moiteur glacée saturait la grande maison. Descendu, Laurent jeta dans l'âtre une volée de copeaux avec une bûchette dont à force de tisonner il fit jaillir une flamme vive. Aussitôt, il en jeta une plus grosse en travers, vite embrasée, puis une troisième. Des rondins encore. Et tandis que le Vieux dodelinait du chef comme s'il eût approuvé cette débauche de bon bois sec aux approches du jour, Laurent prenait plaisir à cette énorme flambée ronflante, irradiant sa chaleur jusqu'aux pièces de l'étage. L'œil du rapace s'ouvrit enfin.

— J'ai pensé que vous pourriez attraper froid, s'excusa le jeune homme imperceptiblement ironique.

— Si l'air est assez bon pour vous, il l'est assez pour moi, grinça le Vieux.

La mauvaise foi jamais ne sera prise en défaut, se dit Laurent en regagnant sa chambre.

Muriel attendit les huit heures pour oser rejoindre au téléphone le Dr Bonneau, qu'elle savait peu soucieux d'être dérangé nuitamment. Pour « son ami Garon » il viendrait « dans l'heure », promit-il d'une voix encore pâteuse, en sorte que Muriel ne voulut pas s'absenter comme d'habitude en conduisant Georges à l'école du village — l'autobus scolaire ne poussant pas au delà de la bifurcation de Saint-Jean-Baptiste à cause de l'état du chemin. Laurent ayant proposé ses services, le rôle de chauffeur finit par lui échoir au terme d'une âpre discussion entre Muriel et son beau-père, lequel commençait à s'irriter de la place que son journalier prenait dans la maison ; au surplus, à son dire, Vincent allait mieux et tout ce branle-bas n'était qu'occasion de dépenses et perte de temps. Tandis que Georges boudait un congé raté, Laurent s'enchantait d'un contact retrouvé avec le volant. Au mépris de l'étroitesse de la route, il fonçait comme un déchaîné entre haies et pommiers sous prétexte d'arriver à l'heure et Georges lui criait :

«Vite! plus vite!», se dépitant et injuriant l'employé si par malheur celui-ci ralentissait pour parer à un danger ou même exprès pour faire fâcher le garçon. À son retour de Saint-Hilaire qu'il étira par mille détours, Laurent ne put résister à s'attendrir sur le temps où son grand-père et lui cahotaient tous deux par les chemins de traverse, musardant au soleil, comme si le monde était beau. Malgré cette école buissonnière, Laurent devança aisément le docteur qui, mettant son point d'honneur à se faire désirer, reçut un accueil sans cordialité.

Le Dr Bonneau était un médecin de l'ancienne école mais qui «se tenait au courant». Prestance, belles manières, parole aisée, l'ancien député de Rouville jouissait d'un haut prestige dans la localité et toute la région. Il n'en était pas moins flatté d'être appelé chez un homme où l'on ne pénétrait guère et dont la fortune était à la mesure du mystère qui l'entourait.

L'enfant ausculté, ses bronches interrogées, le Dr Bonneau se redressa de toute sa moyenne grandeur pour confirmer, avec une ostensible satisfaction, son précédent diagnostic. Trachéite. Aiguë, chronique, il voulait bien, mais trachéite, il n'en démordait pas. À la légèreté du verdict, Muriel, méfiante, opposa le sang. Le sang n'était en rien concluant : dans l'effort de l'expectoration, le malade pouvait s'être rompu quelque menu vaisseau...

— Néanmoins, en vint à convenir l'éminent praticien, à cause des spasmes, des étouffements, tels que vous déclarez les avoir observés, on ne saurait écarter complètement l'hypothèse d'un symptôme asthmatique. Ce qui n'infirme en rien une trachéite concurrente, je m'empresse de le dire. Mais la pathologie de l'asthme, hélas, échappe en grande partie à la science actuelle. Le mal est largement psychosomatique, vous diront les autorités. Ah! l'asthme, chère madame, c'est embêtant, pour sûr... Tout de même le jeune malade a la chance unique de jouir de l'air pur des coteaux: on l'y enverrait en cure s'il n'y était déjà.

Ce même air pur des coteaux qui étouffe la mère: moins que jamais peut-elle espérer fuir ce damné exil de la Montagne qui la livre avec ses enfants à son tyran de radin de beau-père.

— Mais l'hiver, docteur? Ah! si peu de moyens...

Le docteur lève haut les sourcils. Et Laurent, qui de la porte assiste à la consultation, s'interroge en silence. L'heure est-elle venue pour lui qui détient le grand remède aux soucis de Muriel de racheter un passé trop stérilement haï avec cette fortune qui en est le fruit et qui dort là-bas, à Montréal, dans ses coffres bancaires? Mais bienfaiteur! Et de Muriel surtout! Ne saurait-il mériter mieux que sa reconnaissance?...

— Psychosomatique, dites-vous, docteur?

Le Dr Bonneau se retourna et toisa avec intérêt ce grand gaillard à l'allure plus que négligée qui intervenait avec une aussi laconique assurance. D'instinct, il regarda Muriel, devina un roman, émit un sourire entendu, corrigé aussitôt par un docte couplet:

— Je n'ai pas à vous expliquer le sens de ce terme. Plus délicat est d'en déterminer, en l'espèce qui nous occupe, les causes et la nature. De bons esprits soutiennent qu'un attachement trop exclusif à la mère, une dépendance trop étroite, est susceptible d'engendrer chez l'enfant une résistance inconsciente au grandissement, voire des troubles somatiques divers dont l'asthme offrirait un exemple relativement fréquent. L'éloignement du père, un excès d'isolement, créeraient des circonstances favorables à ce type d'affection de caractère encore assez obscur pour la science. Si tel était ici le cas, peut-être y aurait-il lieu de faire appel aux ressources de la psychothérapie. Quoi qu'il en soit, il ne peut s'agir là que d'une hypothèse avancée sous toutes réserves et dont la vérification excède mes modestes lumières.

Il respira avantageusement — l'asthme ne le menaçait pas, lui — et savoura l'effet de sa phraséologie sur la mère consternée. Après quoi, bon prince, il renfourcha sa trachéite, prescrivit un « sédatif antitussif » pour le cas où les crises reprendraient l'enfant, et réclama discrètement ses honoraires. Les sous étaient dispensés à Muriel au compte-gouttes et au fur et à mesure des besoins. Aussi dut-elle surmonter sa répugnance à descendre solliciter son beau-père, lequel entre temps n'avait eu de cesse d'arpenter le salon en fulminant contre des extravagances qui allaient l'obliger à débourser.

— Soyez logique, M. Garon, pour douze dollars et…

— Douze dollars !

— … et le coût d'une modique ordonnance, votre ami le Dr Bonneau assure que vous aurez enfin la paix.

— Douze dollars! Il a encore augmenté son tarif, et tu appelles ça un ami? Hein, quand je te disais que des amis ça n'existe pas!

— Nous habitons loin du village, M. Garon, la route est mauvaise.

— C'est toi qui l'as fait venir, débrouille-toi.

Muriel avait l'habitude de l'écœurement. Comme si le Vieux ignorait qu'elle était sans ressources personnelles! Elle lutta encore, c'était le jeu, le rite. Acculé à la nécessité, le père Garon ronchonna tout son saoul contre ce gaspillage à quoi le contraignait sa « bonasserie naturelle » mais finit par disparaître dans sa chambre, où il s'enferma soigneusement. Cinq bonnes minutes passèrent avant qu'il n'en ressorte muni des précieux billets qu'il tint à porter lui-même au docteur. Les deux hommes descendirent, suivis du seul Laurent, Muriel ne se résolvant pas à quitter un fils dont le mal répondait si exactement au diagnostic de la Faculté.

— Alors, Docteur, la santé? On songe à la retraite pour mettre ainsi les bouchées doubles?

— Les temps sont difficiles pour les hommes de profession, et la santé en effet s'en ressent, affecta de se plaindre l'alerte quinquagénaire. Il n'est pas donné à tout le monde d'être rentier, hein, Garon? ou propriétaire foncier?

Ces piques leur étaient familières, depuis vingt ans qu'ils les pratiquaient.

— Et l'entretien des propriétés, qu'en faites-vous? L'exploitation qui coûte les yeux de la tête? repartit Garon en prenant à témoin Laurent qui, du seuil de la cuisine, approuvait narquoisement. Et les impôts qui mangent le peu qu'on met de côté pour ses vieux jours? Jusqu'à la plus-value du capital qui sera bientôt frappée à ce qu'il paraît! Satanée politique! Ce socialisme hypocrite, vous croyez que ça arrange les affaires?

— On prétend même que l'assurance-maladie qu'on nous prépare nous réduira nous autres, apôtres au pays de la souffrance humaine, au rang de fonctionnaires! renchérit avec flamme l'ancien député conservateur du comté de Rouville. Ce sera le bouquet! Et mieux vaut ne pas parler de l'agitation séparatiste: à se demander ce que le gouvernement attend pour mettre un terme à cette démence.

— À qui le dites-vous! s'écria le Vieux dans un élan de passion. «Vive le Québec libre!» — j'ai bondi dans mon fauteuil quand j'ai entendu ça l'autre semaine à la télévision. Comme si je n'étais pas libre, moi! J'ai toujours voté *rouge,* sauf votre respect, et ce n'est pas un général étranger qui viendra m'apprendre de quel côté ma galette est beurrée.

— Et moi *bleu,* répliqua le ci-devant député conservateur, et j'avoue que je ne m'en suis pas trop mal porté jusqu'ici.

S'avisant à la fin du temps perdu par son journalier, le père Garon, d'un geste impérieux de la main, renvoya Laurent à ses pommes. Comme celui-ci frôlait les deux messieurs pour gagner l'entrée, le Vieux s'efforça de mettre une sourdine à l'aigreur de sa voix, mais sa propre surdité le trahissait:

— Ça réclame tant que ça peut, mais on n'a que son dû dans la vie, pas vrai, Docteur? Je pense que le temps est venu de faire cause commune pour nous donner un gouvernement d'ordre, sage et fort, qui protégera les intérêts légitimes de ceux qui ont la prévoyance d'en avoir.

— D'autant qu'il existe des inégalités naturelles qu'il convient de respecter. Vous donnerez mille avantages à des nécessiteux qu'ils ne sauront pas mieux se débrouiller. Une longue pratique des hommes n'a fait que me confirmer dans cette vérité élémentaire qu'il n'y a pas d'échecs immérités…

Le reste se perdit dans un bruissement de feuillages. Pas d'échecs immérités… Laurent allait sans rien voir autour de lui de cette nature apaisée, apaisante, où il aurait souhaité trouver un havre inexpugnable. De son adolescence repliée, le Farouche se souvient d'une parole qui l'habitait: «J'aime un arbre plus qu'un homme…» Oh! combien! Et dire qu'il aurait pu être comme l'un de ces deux-là, qu'il avait pu l'être… À présent ni l'homme d'affaires ni le docteur, l'un possédé par ses propres biens, l'autre drapé dans un personnage avec lequel il se confondait, ne revêtaient de réalité pour lui. Quinze ans, vingt ans, pour lui faire reconnaître et récuser de telles incarnations d'hommes, ce n'était pas trop cher payer sa désillusion. Il existait des êtres étranges se mouvant dans un autre univers, emportés sur d'autres eaux que celles du Richelieu, parvenant à survivre accrochés à la barque de quelque imaginaire passion. Mais où n'était pas l'imaginaire? Quand ne rêvait-il pas, lui, Laurent Vallois? Hier? Aujourd'hui? L'ultime sentence lapidaire du Dr Bonneau lui bourdonnait aux oreilles, rejoignant un secret désespoir. Tour à tour enfant farouche, fils à papa, jouisseur ambitieux, puis cueilleur de pommes par désœuvrement, il voit sa destinée inscrite dans une fatalité qui l'agite comme un pantin obéissant. Pas d'échecs immérités parce que pas plus d'échecs que de salut. Des réactions à l'autorité du familial et du social. Des réponses à des atavismes, des influences, des séductions, des circonstances. Maintenant il croit discerner pourquoi l'autre semaine il s'est donné la comédie de la mort : non tant pour se délester d'un passé accablant à l'excès que par refus de répondre, refus de choisir, incapacité d'être ce qu'il est profondément et qu'il ignore. Un regard impitoyable l'empêche de vivre son personnage jusqu'au bout. Facile, à la rigueur, de percer le masque du prestige ou de l'argent : la mort abrupte d'un père, un reste de lucidité, de l'insatisfaction, de la mémoire surtout... Mais derrière ce dédoublement — le dégoût seul?... Et coupables vraiment ces créatures incapables d'un doute, d'un retour sur elles-mêmes, sur leur raison d'exister, et dont on sonderait en vain l'intime vérité? Admirablement normales au contraire ces bêtes à l'affût, mues par la puissance de l'intérêt personnel, conditionnées par les réflexes élémentaires de l'espèce. Le Vieux surtout, crispé sur son or comme sur un absolu. Mais dans sa quête à lui, Laurent le Farouche a nourri trop d'orgueil pour se satisfaire de demeurer la victime de quelque mirage doré. Trop vaste son ambition, trop haute la chute. Malheureux homme.

Malheureux homme : il était aveugle, il a recouvré la vue, jaillie des promesses de son matin, obscurcie par les fantasmes d'un avenir avantageux. L'y voici dans cet avenir, paré aux couleurs du succès, réalisé au niveau le plus servile ; car réduit à cueillir des pommes pour l'enrichissement de l'exploiteur endurci qu'il n'a pas su devenir, il ne trouve apaisement que dans cette servitude librement consentie. Tel est bien le désastre mérité, selon les hommes. Et si, malgré tout, la vie s'accroche à lui, il doit en rendre grâce à des créatures d'une autre espèce qui détiennent le pouvoir de lui conserver, de lui rendre l'existence, que ce soit au bord de l'eau ou dans une chambre enfiévrée de malade...

Crissements de cigales, lourdeurs de midi, teintes odorantes. Manne sur manne s'emplissent machinalement, abandonnées à l'ombre des pommiers exténués. Dans la découverte du mystérieux attachement qui le tourmente et le soutient, Laurent en oublie sa faim comme il a oublié la jument Crème-de-blé dans son trou à mouches, se languissant et balayant de la queue sa croupe bossuée au fil d'heures immobiles.

Pour Muriel le temps du jour se passa à lire à haute voix des contes d'Andersen, réclamés sans cesse et qui, mieux que ceux de Grimm ou de Perrault, s'accordaient à la sensitivité de Vincent. Les inventions morbides du Nordique le plongeaient dans un climat de mélancolie, de cruauté désolée, où se complaisait son humeur souffreteuse. *Les Souliers rouges, La Petite Fille aux allumettes, La Reine des Neiges,* et la poignante histoire de ce

Sapin de Noël, encombrant objet que, son office de joie rempli, l'on relègue au grenier avant qu'il ne soit mis en bûches et livré au feu — autant de musiques mystérieuses chaque fois nouvelles que reflétaient le regard vague de l'enfant, son sourire fêlé.

Rentré du verger et monté là-haut sur la pointe des pieds, Laurent, invisible, écoutait la voix contenue de Muriel redisant la mésaventure de *La Petite Sirène.* Sans effort il pénétrait dans ce monde brumeux et pathétique où il avait habité jadis aux jours de son enfance effarouchée. À vrai dire, à travers Vincent, il lui semblait ne l'avoir jamais quittée.

— Maman, recommence encore une fois… Rien qu'une fois…

Mais d'entendre Muriel reprendre aussitôt la lecture du conte terminé faisait surgir l'homme anxieux qu'il était, conscient du prix du temps qui se consume. Racontée l'histoire, refermé le livre, l'impatience adulte les rejette comme le sapin de Noël dépouillé de ses splendeurs, tandis que l'enfant ne se plaît qu'à ce qu'il reconnaît, épuisant lentement, sans se lasser, hors du temps, le poème ou l'aventure.

Il y eut l'entracte du souper, à la cuisine.

— Vous lisez très bien les contes d'enfants, dit Laurent. Vous m'avez presque ému.

— Presque?

— Oh! moi, vous savez, la littérature, il y a longtemps que…

Il s'interrompit, craignant de trahir tout à fait le tâcheron à demi inculte dont il avait revêtu la défroque. Sous ce masque seulement pouvait-il impunément se mouvoir dans l'ombre d'une femme à laquelle il ne voulait se croire lié que par une solitude commune dans l'adversité. En tout cas refusait-il d'éclaircir davantage le chimérique attrait qu'elle exerçait sur lui, se raidissant avec une violence inconsciente contre la tentation d'ouvrir les secrets de cette fleur à demi refermée, ou peut-être de ce livre inachevé, triste et beau. Il en souffrait : tant de corps explorés et pas une âme ouverte, humée, ou simplement feuilletée, depuis ce jour ancien où, délaissant l'amour de Lucie, il avait déchiré les pages de sa jeunesse et cassé les cordes frémissantes de son avenir pour se tailler une place au soleil de tout le monde.

Il repoussa son assiette encore pleine, sans quitter la table cependant. Georges disparu, le silence retomba sur ces deux êtres que tout rapprochait et qui se prenaient au jeu de l'indifférence, rusant avec eux-mêmes dans la crainte qu'un aveu maladroit ne vînt briser leur joie éphémère, peut-être illusoire. Et pouvaient-ils attendre l'un de l'autre plus qu'une présence inespérée ? Sans être réellement dupe de la condition véritable de l'employé de son beau-père, comment Muriel se fût-elle doutée des prestiges auxquels Laurent avait renoncé ? Comment eût-elle deviné qu'un mot de sa part, une signature au bas d'un chèque, auraient suffi à la soustraire avec ses enfants aux ladreries de l'impitoyable geôlier qui tenait leur sort entre ses griffes ? Elle n'en subissait que plus profondément l'ascendant mystérieux de l'étranger tombé de la nuit pour venir peupler la désolation de la Montagne.

Hasard ou magie d'Andersen, de toute la soirée Vincent n'eut pas une seule poussée de toux. Occasion rêvée pour l'avare de quereller sa bru au sujet de la futile dépense entraînée par la visite du médecin. Muriel rispostait :

— Ça ne m'empêchera pas de faire remplir l'ordonnance à Belœil demain matin, en allant conduire Georges à l'école. Pour Vincent, pas question qu'il mette le nez dehors. Et du même coup, vous ne verrez pas d'inconvénients, je pense, à ce que j'emmène votre employé se vêtir décemment à Saint-Hyacinthe. On n'a pas idée de laisser un homme sans linge de rechange.

— Il peut payer ?

— Ses gages y pourvoiront, dit Muriel avec intention.

— Assez d'extravagance ! Qu'il s'arrange tout seul, grogna le Vieux, qu'un reste de pudeur retenait d'avouer les conditions d'embauche faites à Laurent.

Au petit déjeuner, gêne d'une connivence secrète ou inconscient désir de provocation :

— Ainsi, je ne serais pas assez propre pour la châtelaine de la Montagne ? railla Laurent. S'il ne s'agit que de moi, je me trouve très bien comme ça, savez-vous. Curieux comme on s'accommode aisément de ses propres odeurs. Vous m'embarrassez. Mais à votre place je me soucierais plutôt de l'ordonnance.

— Bon, c'est entendu, restez tel que vous êtes, répliqua Muriel du même ton. Je suis trop bonne de m'en faire pour vous. En vérité, c'est M. Garon qui a raison.

Laurent allait répondre quand survint Georges, les yeux bouffis encore de sommeil.

— Laurent, tu m'as fait honte hier avec ta chemise déchirée. Les copains m'ont demandé qui c'était ce guenillou-là qui me servait de chauffeur. D'abord moi, l'école, ça m'intéresse pas. On n'apprend rien que des affaires plates.

— À ta guise, mon garçon, dit la mère. Coule-toi la bien douce à la maison et tu marches droit sur les traces de tes père et grand-père.

— Cet acharnement à vouloir faire le bien des gens malgré eux! intervint Laurent. Par exemple, on n'en serait pas à des questions de chemises si vous n'aviez eu la malencontreuse inspiration de me sauver la peau, un soir, au bord d'une certaine rivière avec qui j'avais rendez-vous.

— Mais Vincent? Je pourrais abandonner Vincent! Il faudrait le soigner mais comment faire sans moyens, ni appui?

Après un silence:

— Évidemment, dit Laurent, Vincent c'est autre chose, bien autre chose... L'innocence n'est pas éternelle.

La voix s'était altérée, assourdie, presque éteinte. Muriel considéra ce vagabond cueilleur de pommes qui parlait d'innocence et d'éternité, et peut-être savait comment bat le cœur d'une mère. Elle l'aima doucement. De ses grandes mains hâves, Laurent s'était enveloppé le visage et demeurait inerte, les coudes sur la table, les yeux fixés sans le voir sur un bouquet de liserons séchés posé sur un coin de l'armoire. Il songeait à Vincent, à l'innocence éphémère, à cette fortune dont il avait la présomption de faire fi, il songeait à Muriel sans soutien, ni ressources, à l'avare qui la tenait dans ses serres, et tout cela lui fendait le cœur. Mais il lui fallait jouer son personnage jusqu'au bout, il le fallait cette fois. Secouant brusquement les épaules dans un mouvement de tout le corps :

— Et maintenant à l'œuvre, dit-il, passons aux choses sérieuses.

Sans plus s'attarder, fermant l'esprit à toute impression, Laurent se leva, enfila son chandail, saisit son sandwich, poussa la porte grillagée qu'il laissa claquer derrière lui. Le frais de la nuit commençait juste à se dissiper, mais le jour s'annonçait éclatant : le ciel était lisse comme un miroir au tain à peine bleuté et le soleil éblouissait la rosée sur les longues herbes du jardinet inculte. Laurent s'engagea dans la sente embroussaillée qui lui servait de raccourci depuis qu'il connaissait le domaine dans ses moindres recoins. Collée contre lui, le dos énorme et rond, la Montagne dressait l'échine que le soleil matinal rayait d'ombres touffues. Pressé de se retrancher de l'humain, l'homme allongeait le pas vers sa tâche. Là où la piste croisait le ruisseau, les ruées torrentielles de printemps immémoriaux avaient creusé un ravin de six ou sept pieds de profondeur par-dessus lequel une vieille planche avait été jetée en guise de passerelle. Comme chaque matin, Laurent ne put se retenir de l'éprouver ; il s'arrêta au milieu de ce tremplin bringuebalant pour s'y balancer avec le plaisir du défi. Sous la planche qui tenait bon, tout au fond, sommeillaient de grosses pierres sèches, aux arêtes vives, entre lesquelles se glissait un filet d'eau pure venue des hauteurs de la création. Épris d'une liberté renouvelée par l'épreuve, Laurent reprit le chemin de l'écurie, écartant de la main les rameaux qui lui giclaient au visage, dispersant au passage une volée de linottes. Du plus loin qu'elle entendit son pas, la jument se mit à piaffer d'impatience. Quand il fut là, elle se cabra dans sa stalle, ployant sa raide encolure pour flairer l'obscur compagnon à qui appartenait le soleil.

— Crème-de-blé, je t'aime, lui murmura-t-il.

Il ne perdit pas de temps. Ce serait bientôt octobre et les gelées nocturnes risquaient d'avarier les dernières, les plus belles pommes. En outre, le camion de la coopérative passerait l'après-midi même faire son plein de *minots* et Laurent se faisait un point d'honneur d'avoir toute prête sa lourde charretée de mannes combles dont les hommes rempliraient leurs caisses. Hissé sur la charrette, une branchette à la main, il pressa l'allure traînarde de la jument. En peu d'instants, il se trouva à l'autre bout du verger, au pied du large pan rocheux haut de soixante-quinze pieds qui délimitait la propriété mieux qu'aucune muraille d'hommes. À son habitude, il fit une pause pour contempler cette majesté, témoin d'un passé toujours vivace en lui, et jadis objet d'un sacrilège qui durait encore :

— Achetée, tu m'entends, achetée pour vingt-cinq mille dollars ! s'indigne chroniquement grand-papa Delaigle.

— Une montagne, ça s'achète ? s'étonne le Farouche.

— Achetée, je te dis, comme un vulgaire objet de série, elle qui possède une âme ; achetée tout entière avec ses sept puissants mamelons qui enchassent et défendent là-haut la perle de son lac, un lac où je me suis baigné nu, enfant... Et achetée encore par un colonel britanniqne, oui, passée entre des mains étrangères... Jamais plus je n'y remettrai les pieds, jamais plus tant qu'elle restera territoire ennemi...

Achetée pour vingt-cinq mille dollars — Laurent pouvait en croire ses souvenirs d'enfant puisque le père Garon le confirmait la veille encore avec gourmandise... Au même instant des chocs sourds, caverneux, des grincements de rocaille, parvinrent à ses oreilles : la Montagne, il ne l'ignorait pas, était rongée au flanc par le chancre d'une énorme carrière à ciel ouvert qui la dévorait et la dilapidait pierre à pierre ; un jour viendrait, pensa-t-il, où elle serait rasée, rayée même de la mémoire des hommes, comme si pour lui, après son grand-père, elle n'aurait pas eu une âme. Et avec la résignation qu'inspire un rêve d'amour brisé, il se mit à charger machinalement la charrette des mannes gonflées, abandonnées la veille au pied de chaque arbre. Cela fait, il s'épongea le front avant de déployer la grande escabelle pour entreprendre, un seau à la main, le dépouillement des branches du plus reculé et du plus fourni de tous les pommiers. Avec l'infaillible régularité de mouvement que lui conférait l'habitude acquise, il s'employait à sa tâche en songeant distraitement au sapin de Noël que des mains ingrates dépouillent de ses parures et de ses bougies, joie d'un moment vite évanouie. Les fruits, tout rouges d'un côté, tout verts de l'autre, tenaient bien aux branches, à peine retardés dans leur mûrissement par la lumière plus rare qu'ils recevaient ici. Étroitement enlacé à la ramure, enfoncé dans le feuillage encore dense sur quoi ressortait le cramoisi des pommes, Laurent expédiait machinalement l'ouvrage, sans s'interroger sur son intérêt ou sa signification. Qu'il gérât une fortune, qu'il administrât une entreprise, qu'une femme l'obsédât, qu'il récoltât des pommes au profit d'un avare — tout se rejoignait dans la même absurdité, en attendant l'hiver et la mort en marche. Car, par delà les satisfactions d'amour-propre qu'il avait connues trop d'années, rien ne ferait plus fleurir ses aspirations originelles. D'un suicide lent on ressuscite moins que de l'appel des eaux sauvages.

Un nuage passa, découvrant le soleil. C'est à ce moment de pleine lumière que Muriel survint.

D'abord Laurent ne perçut qu'un froissement d'herbes, qui s'arrêta net. Muriel cria, invisible, avec un grand tremblement dans la voix :

— Qu'est-ce que tu fais là, toi ? Ah ! tu surveilles M. Laurent, tu l'espionnes. Joli ! C'est ton grand-père qui te confie cette sale besogne-là ? Veux-tu bien rentrer tout de suite à la maison, sans quoi gare à tes fesses !

Planqué derrière un tronc, Georges, penaud, prit les jambes à son cou.

— Et, prépare-toi pour l'école ! lança encore la voix de Muriel. Tu n'y échapperas pas !

— Amuse-toi bien avec Laurent! rétorqua Georges en tapant à grands coups de pieds dans les pommes creuses qui dormaient sous l'herbe et explosaient avec un bruit sourd.

La jument s'était avancée à l'ombre du grand pommier, histoire de brouter plus à son aise. Levant les yeux, Muriel découvrit Laurent noyé dans la verdure jaunissante, qui suivait la scène avec une sorte d'amusement, comme si elle ne le concernait pas. Aussitôt, la jeune femme regretta d'être venue; pourtant son cœur tonnait, bien moins d'avoir couru que sous l'effet d'un ébranlement que sa réserve coutumière ne parvenait à dissimuler. Il y eut un moment de silence, puis, avec hésitation, elle s'avança jusqu'à l'escabelle; un rayon de soleil poudroyant l'enveloppa, et Laurent se souvint de ce déjà lointain premier jour où, frémissante, elle lui était apparue entre les branches du verger.

— Il faut partir, Laurent, il faut partir...

À peine si la pressante apostrophe, son prénom sur ces lèvres tremblantes, déconcertent le jeune homme.

— Partir? Et pour où? Est-ce qu'on n'est pas bien ici? Quoi de plus agréable à l'homme moderne, urbanisé et pollué, que cette solitude charmante et parfumée? ... O Nature, mère chérie, tes enfants te louent, déclama-t-il. Hélas, une vraie mère, cela m'a manqué. Un père, je m'en serais bien passé. Mais Dieu dans la sagesse infinie de ses desseins a voulu éprouver ma faiblesse... Pardonnez, chère Madame, ces confidences déplacées, je suis à vous.

Laurent descendit tranquillement les degrés de son échelle et ce couple qu'opposait toute l'histoire de leur vie si ce n'est la désolation partagée, se trouva face à face. Plus troublé qu'il n'eût osé se l'avouer par le désarroi de la jeune femme, il prêta l'oreille à cette voix maintenant familière dont les inflexions mal assurées se chargeaient peu à peu d'indignation. Voici comment les choses s'étaient passées.

Au dehors les cris de l'aîné répondent aux aboiements du chien. Georges exulte à la perspective d'un congé imprévu. Il excite Gardien en lui jetant en l'air des bâtons que la bête attrape au vol, gueule écumante. Au milieu de la cuisine où grésille l'horloge électrique, parmi les assiettes souillées, le regard éteint, Muriel dans sa lassitude se ferme exprès aux toussotements qui, de temps en temps, rappellent l'existence du fils cadet, tassé sur lui-même dans la couverture qui l'emmitoufle. Comme une obsession, elle entend la voix de Laurent : « L'innocence n'est pas éternelle… Et maintenant à l'œuvre, passons aux choses sérieuses ». Elle le revoit qui repousse sa chaise, se lève en jetant un coup d'œil à l'horloge, enfile son chandail, saisit sandwich et thermos, marche droit à la porte qui claque sur ses talons, pour disparaître dans l'herbe humide du jardin. Et la scène recommence et se répète dans son esprit avec une précision tellement vive que sa main ébauche un geste pour l'effacer.

Où sont-elles, que sont-elles les choses sérieuses de la vie, si l'innocence n'est pas éternelle? Et à quelle épreuve, quelle désolation pire que la sienne peut tenir la cruauté d'un tel langage... Alors le Vieux descend, Muriel entend son pas cassé, son souffle brûlé par l'alcool et le tabac, sa voix rouillée. Bon, bon, il sera servi, il le faut bien, mais, pour une fois, qu'il attende. Dans la chaleur immense de ses bras, elle enlace le fils qui ne veut pas grandir, elle l'emporte là-haut, le dépose dans sa chambre à elle, sur son lit à elle, pour racheter, qui sait, une sourde protestation contre l'éphémère, la cruelle, l'inexorable innocence.

Vincent se laisse soigneusement border.

— J'ai peur de ne plus comprendre quand je reviendrai à l'école. L'année a commencé difficile.

Muriel lui glisse entre les mains non pas Andersen le pathétique, mais ce petit «Recueil de textes contemporains accompagnés de questions» qu'il a reçu le jour de la rentrée: *De l'âge heureux à l'âge adulte...*

Oh! les bonnes âmes...

— Tu dois lire un peu par toi-même et tâcher de comprendre. Ainsi tu ne seras pas perdu.

Elle quitte la pièce après avoir embrassé son rejeton et promis de revenir dans un moment. En bas, elle se rencontre avec le grand-père, en robe de chambre rapiécée par ses soins, qui réclame son déjeuner dans la salle à manger. Muriel lui apporte le pain grillé et le café au lait. En silence. Plus de bonjour, plus de sourire, plus de mots, plus de phrases, plus de rien. Finie une comédie que tout dément jusqu'au cœur.

— Il est parti travailler au moins? C'est aujourd'hui que le camion passe et je trouve que notre homme en prend un peu trop à son aise.

La grâce d'aimer l'emporte sur l'effort de haïr. Muriel élève la voix pour le sourd:

— M. Garon, votre employé manque de tout, sa chemise est crevée aux coudes, on n'a pas idée d'être aussi chiche avec les gens.

— Qu'est-ce que tu me chantes là? Et la chambre? Le ragoût? C'est le principal. Se plier aux exigences de ces bougres-là mènerait droit à la ruine par les temps qui courent. Il y a surproduction, le marché est saturé, l'argent est rare. D'ailleurs rien ne l'oblige à rester, ni personne... que je sache?

— C'est un garçon qui vaut mieux que son habillement.

— Tu m'en diras tant! Et comment tu le sais?

— Il laisse entendre que vous ne rémunérez pas du tout ses services.

— Tiens, tiens, il laisse entendre ça, et c'est à toi qu'il s'en plaint?

— Il ne s'en plaint pas, aussi bizarre que cela puisse paraître.

— Eh bien, de quoi tu t'inquiètes alors? Si les conditions ne faisaient pas son affaire, il ne les aurait pas acceptées, il s'en irait... Il faut qu'il ait ses raisons. Peut-être qu'il est recherché par la police. Ou bien...

Il s'arrête avec intention, attentif à la réaction de sa bru qu'il observe d'un regard en coin. Pensive, la jeune femme n'a d'yeux que pour les miettes qui tombent sur le tapis à chaque bouchée du Vieux. Au cœur de sa pensée confuse, cette présence énigmatique là-bas, au verger. Pourquoi ce cynisme affecté, cette souffrance qui ne s'avoue pas? Quelle brûlante expérience dissimule le masque de ce faux détachement? «Et maintenant passons aux choses sérieuses... L'innocence n'est pas éternelle... »

Craquements de toasts dans le silence, lampées de café, éructations. Accroupie aux pieds du Vieux, Muriel recueille un à un, machinalement, les fragments de pain tombés des dents ébréchées sur le tapis dont la corde se voit.

— Seuls les oiseaux seront gâtés aujourd'hui. Pourvu que vous me donniez de quoi, j'irai à Beloeil faire le marché. Plus rien au garde-manger...

— Notre vorace est passé par là... Et dire que ça réussit à faire pitié!

— Vous n'aviez pas dit non pourtant, insiste Muriel, à propos de l'ordonnance et de son linge de rechange...

Pause.

— Mais pourquoi tant d'intérêt pour ce garçon là, fifille? sussure le Vieux. Ma foi du bon Dieu, tu ne m'en as jamais montré autant depuis quatre ans que je t'héberge et te nourris avec tes enfants.

Les doigts racornis du père Garon viennent errer sur les cheveux de la jeune femme agenouillée. À ce contact, Muriel se raidit, se fige... Mais pourquoi tant d'intérêt en effet? Qu'est-il pour elle? Ah! ne pouvait-il partir à son heure! Qu'est-ce donc qui le retient ici, cet inconnu qui se moque qu'on lui veuille du bien et joue les cyniques à volonté? Mais son indifférence aura beau faire, ce désespéré qu'elle a tiré de l'abîme ne peut empêcher qu'elle ne soit plus seule.

— À ta place, Muriel, j'aurais de la méfiance : il doit lui trotter quelque idée pas catholique derrière la cervelle.

— Et pourquoi pas ? crâne la jeune femme, les yeux fixés sur son beau-père. Me croyez-vous incapable de plaire ? de plaire à qui je veux ?

— Hé, hé, loin de là, belle enfant revêche…

La main du vieux s'enhardit jusqu'à la nuque, se perd sous la chevelure défaite.

— Eh bien, si vous me refusez ce que je vous demande, vous apprendrez à vous débrouiller sans moi !

Jamais elle n'a ainsi fait front. Comme elle se sent forte de Laurent ! Quelle menace en effet pourrait-elle proférer hors de lui ? Elle se relève et va se placer devant le fouillis de verdure qu'encadre la fenêtre. Au loin, Laurent invisible et seul présent. La fenêtre est soulevée grande ouverte. Une tiède fragrance automnale envahit la salle à manger, avec tout le bourdonnement de la campagne. Georges a disparu. Gardien lèche le bout de ses pattes au soleil. Le monde est pur, harmonieux, paisible. Le proche rang de peupliers frémit sous l'onde secrète qui parcourt les profondeurs de l'air. Tout l'automne adorable inscrit sa douceur sur l'imperceptible dépérissement des choses.

— Comme si vous n'étiez pas le premier à tenir à ce bizarre personnage que vous-même avez embauché et qui fait si bien votre affaire. J'imagine la suite: après les pommes, ce seront d'autres corvées pour lui: la haie à tailler, le potager à sarcler, les feuilles mortes à ratisser, la neige à déblayer cet hiver… Ah! c'est vous qui n'êtes pas prêt de le laisser partir!

Silence. Elle tourne la tête: le Vieux a quitté la table pour le salon attenant où il se cale dans l'usure de son fauteuil. Tranquillement il bourre un brûle-gueule. Il dit:

— Tiens, j'y pense, demain le trente. Il faudra que tu me conduises à Montréal pour mes loyers. S'il fallait attendre ces gens-là! J'ai deux mises en demeure et cette fois le bonhomme Latreille n'y échappera pas. Deux semaines de grâce et puis dehors, l'éviction.

— Avez-vous un cœur, M. Garon? À vous écouter, souvent on en douterait.

— Donnant, donnant, c'est ma règle et c'est la justice. Un homme d'affaires n'est pas un saint, que diable!

— J'irai à Montréal… à condition que vous payiez son mois à votre journalier.

— Encore lui!

— Donnant, donnant, c'est votre justice.

Le Vieux fouille dans ses poches, en quête d'allumettes. Muriel se dépêche dans la cuisine pour lui en rapporter.

— Tu y tiens donc bien au sort de cet homme-là?

— Lui? Il m'indiffère au dernier degré, proteste Muriel. En tout cas, si vous me refusez ça, je vous plante tout seul avec votre magot. On verra qui de nous deux y perdra le plus.

— Ma parole, il t'aurait ensorcelée que je ne m'en surprendrais pas.

— Vous êtes malade, M. Garon! Cet homme ne m'est rien de rien. Je me moque de lui comme de l'an quarante, vous pouvez m'en croire!

— Pourquoi que tu te défends comme ça, fillette? fait le Vieux, douceâtre. Est-ce que je te blâme? Y a pas de mal. Comment? Un beau gars bien planté avec des manières et un langage de petit monsieur comme il faut? Et lui, une belle fille comme toi… ce n'est pas moi qui lui reprocherais de te faire les yeux doux. La nature humaine, hé! je la comprends, je la connais… Seulement, vois-tu, moi, je suis jaloux. Qui c'est qui se soucie du père Garon? Je laisse dire: le Vieux par-ci, le Vieux par-là… Sais-tu que je n'ai pas soixante ans? Alors, ah! si tu y mettais un peu du tien, si tu avais pour moi des attentions… des complaisances… pour sûr qu'on pourrait s'entendre, faire quelque chose pour ton protégé. Et ton ordonnance, bonne Sainte Vierge, tu l'aurais déjà depuis hier.

Hideux chantage? Muriel recule à comprendre. Mais devant la main sèche qui s'élève en tremblotant jusqu'à ses hanches, prise de dégoût:

— Vous êtes ignoble! lui jette-t-elle en prenant la fuite.

Sans bien savoir où elle court, le ciel profond chavirant au-dessus de sa tête, elle s'évade par la campagne assoupie, éperdument poussée en avant vers le mystérieux étranger, Laurent le Farouche.

— Il déraille, le vieux salaud, commenta Laurent sans sourciller. Evidemment on pourrait lui régler son compte une fois pour toutes. Mais la haine est trop bonne conseillère, trop contraignante je veux dire, pour ne pas s'en défier. Et toute vie courant d'elle-même au-devant de son propre malheur…

Il ouvrit une grande main évasive, puis se baissa négligemment pour achever de ramasser quelques pommes fraîches tombées. Il jeta un coup d'œil au reste : elles n'en valaient pas la peine. « Allons », dit-il, et tenant le cheval par la bride, il prit le chemin du retour avec son chargement. Il allait calmement, de son pas régulier, mais à mesure qu'il avançait, la tension de la mâchoire dénotait quelque résolution décisive. Une fois seulement il se retourna : Muriel, effondrée, suivait de loin, comme sans volonté propre. Lui avait son idée car, franchi le ponceau et arrivé en vue de la villa, il attendit que Muriel l'eût rejoint pour la prier d'aller quérir les clefs de la voiture ainsi que l'ordonnance du médecin. Entre-temps, il vint attacher la jument à son piquet, non loin du perron. Puis il alla jusqu'à la grille dont il tira les battants à la volée. Muriel mit du temps à revenir à cause de Vincent qui s'ennuyait, respirait trop vite, et qu'il fallut tranquilliser. Il avait laissé glisser par terre *De l'âge heureux à l'âge adulte,* ne s'y retrouvant pas, et réclamait ses *Contes* d'Andersen dans la belle édition illustrée ; il ne pensait qu'aux *Souliers rouges,* à la petite fille à qui l'on doit couper les pieds pour mettre fin à la folle sarabande qui l'emporte inlassablement de lieux en lieux, de désirs en désirs. Non sans réticence, Muriel se résigna à lui rendre le livre. Ensuite elle dut attendre qu'un instant de distraction du Vieux lui permît de se saisir des clefs, toujours serrées dans un coffret placé sur le guéridon d'entrée. Enfin elle réapparut, craintive, talonnée par Georges, que Laurent s'empressa d'éloigner d'un coup de pied aux culottes accompagné de paroles de menace.

— Vous me faites pas peur! cria Georges en revenant à la charge comme la voiture démarrait. Je vais le dire à mon grand-père. Et puis j'ai congé! Ha — Ha! Ha — Ha! scandait-il sur deux notes triomphales aux aboiements du chien.

Muriel regarda Laurent qui haussa les épaules.

— À Belœil, fit-il laconiquement.

Muriel obéit, passive mais lucide: la matinée était pour ainsi dire perdue et que Georges manquât l'école, le mal n'était pas grand. Elle tremblait seulement que le frêle bonheur de se trouver seule en la compagnie de Laurent ne fût pas au détriment de celui de ses enfants qui, malade, n'avait pas le sens du mal...

— L'ordonnance? s'enquit Laurent.

— La voici, dit la jeune femme en la tirant d'une main de son sac sans lâcher le volant. Mais je n'ai rien pour l'acquitter.

— Peu importe, faites seulement comme je vous dis.

La jeune femme garda le silence. À quoi bon questionner, se rebiffer? Dans le grand vent qui venait de la secouer, toute résistance lui eût paru dérisoire. Mais enfin qui était-il cet inconnu, ce vagabond tourmenteur, cet humilié qui donnait des ordres? Etait-ce par quelque similitude de caractère ou de destinée que son comportement la troublait sans jamais parvenir à la dérouter tout à fait? Ce refus de s'abandonner, joint à un mépris apparent des conventions et des intérêts, l'atteignait au vif de sa propre volonté d'indépendance. Comme pour Laurent, même l'amour humain n'était que mystification pour elle. Il n'y avait guère que Vincent par où elle s'éprouvât vulnérable. Mais depuis l'autre nuit, Laurent Vallois semblait avoir pris charge de tout ce qui la touchait. Ce pauvre diable, fier et délabré, tiré des eaux de la mort, elle pouvait bien le suivre un moment. Car il restait l'étranger qui s'en irait demain vers son destin, comme elle-même rentrerait dans le sien.

À la première croisée de chemins, Laurent indiqua du doigt la route de Saint-Jean-Baptiste.

— Ce village m'intéresse, se borna-t-il à expliquer.

Ils atteignirent le hameau, le traversèrent sans apercevoir âme qui vive, revinrent sur leurs pas. Laurent marquait une espèce d'indifférence comme s'il se fût acquitté d'une démarche inutile, trop longtemps remise. Il y en avait une autre, liée au souvenir de Lucie, qui déjà le préoccupait bien autrement.

— Allons, c'est fait, merci. Tout à l'heure, il faudra aller plus loin, jusqu'à Saint-Ours.

Muriel ne s'étonnait plus de rien.

Ils remontèrent vers la Montagne, la contournant en sens inverse de la nuit mémorable et pluvieuse. Au passage, la voiture broyait des plaques de feuilles sèches dans un crépitement presque ininterrompu. Traversé le pont de Saint-Hilaire, ils entrèrent dans Belœil assoupi. Laurent avisa une banque : Banque Impériale. Muriel songea que son beau-père y avait un compte, bien que l'essentiel de ses avoirs, autant qu'elle le sût, se trouvât à Montréal. Mais quel privilège cela leur donnait-il?

— Une minute, dit Laurent.

Quand il revint au bout d'un bon quart d'heure, Muriel attendait sur le trottoir. La tenue du client avait inspiré de la méfiance. Il avait fallu téléphoner à Montréal. Pour trois cents misérables dollars! Encore heureux qu'il eût son permis de conduire pour s'identifier... Muriel n'était qu'à demi médusée. Sa perplexité était ailleurs, plus profonde que la révélation d'un Laurent argenté.

— Vous m'avez trompée sur votre prétendu dénuement, je m'en doutais. Mais pourquoi me tromper?

— C'est moi que je trompe : je porte un masque pour ne pas me voir.

— Ne pas vous voir?

— Dans le miroir de ma conscience. Mais prenez ceci, dit Laurent en lui glissant les billets de banque dans la main.

Un camion-citerne passa, les couvrant de vacarme et de poussière. Muriel ne broncha pas, jusqu'à ce que Laurent la tirât par la main. Ils firent quelques pas et se trouvèrent devant une pharmacie. Ils y pénétrèrent. Muriel fit exécuter l'ordonnance, formule d'eucalyptus où il entrait de la codéine et autre chose encore. Au moment de payer, constatant que Laurent lui avait tout remis, Muriel l'interrogea d'un regard effaré.

— Gardez la monnaie, ça peut toujours rendre service, dit Laurent comme ils sortaient.

— Je n'accepterai rien de vous, dit-elle en rendant l'argent. Du reste, tel que vous êtes, vous en avez plus besoin que moi.

— Pourquoi faire? dit Laurent. Sauver les apparences? Je doute que ce soit bien indispensable dans un monde où tout n'est qu'apparence… Préférez-vous que je conduise? Nous allons à Saint-Ours.

Muriel regarda l'heure à son poignet, hésita à la pensée de Vincent, puis se remit au volant, sans demander d'explications. La voiture prit vers le nord la rive gauche du Richelieu. On traverserait plus loin. Délaissant la Montagne, ils roulaient en direction de Saint-Marc dans un bain de lumière blanche, à la fois intense et diffuse, qui faisait plisser les yeux. Des bouquets d'arbres isolés parsemaient la plaine où paissaient les troupeaux. Le ciel n'offrait pas une ride. Tout en éclats, le Richelieu traçait son lent sillon d'argent dans l'immensité sereine.

— Non, il n'y a pas d'apparences, dit Muriel tout à coup. Vous-même, masqué ou pas, à chaque instant vous existez tel que vous êtes.

— Un soir de bruine où j'étouffais sous mon masque, vous avez vu pourtant mon vrai visage.

— Vous me le reprochez? dit Muriel… Et moi donc, pour vous, je ne serais qu'une ombre?

Laurent se tut, amèrement. Depuis un mois il redoutait, non pas une image, mais une créature de chair et de sang, lui qui n'avait vécu si longtemps que dans un univers de fantômes. Il pensa au directeur de la succursale de la Banque Impériale, ce fantôme qui s'était incliné devant le fantôme d'un richard. De même le caissier, d'abord tout bouffi de dédain pour ce va-nu-pieds qui se donnait des airs de millionnaire et réclamait des fonds comme un bourgeois. Laurent le revoyait en pourparlers animés avec son patron, le coup de téléphone de celui-ci, la stupéfaction, le sourire obséquieux, les courbettes. La fortune des Vallois, ça les impressionnait, ils redoutaient d'avoir commis un impair, offusqué un seigneur de la «piastre»... «La Banque Impériale est honorée de pouvoir vous rendre ce modeste service, M. Vallois». Impassible, méprisant à son tour, Laurent avait signé le reçu, empoché les trois cents dollars et leur avait tourné le dos. Est-ce qu'on se salue entre fantômes?

On traversait des terres à cultures. Le père Garon n'aimait pas la terre; son verger, il l'exploitait. Et tous ceux-là que faisaient-ils d'autre? À voir ces fermes plus ou moins cossues, Laurent se sentait vaguement spolié de quelque rêve enfantin. Tous des marchands... Pourtant, non, c'était des fermes modestes, héritées d'ancêtres vaillants aux gestes recommencés jusqu'aujourd'hui. Mais bientôt, demain, un spéculateur armé de plans viendrait de la ville. D'un large mouvement de bras, il désignerait ces étendues vierges où de vastes châteaux de cartes ne demandaient qu'à s'édifier au bénéfice de quelques habiles. Pourquoi n'être pas de ceux-là? On conviendrait d'un prix dérisoire et mirifique — le même qui venait de servir à appâter le voisin. À la fin le mercantilisme emporterait tout.

D'un mouvement d'épaules, Laurent chassa ces pensées qui ne le concernaient plus. Ses propres biens avaient cessé de lui peser : il s'en était délesté chaque jour de ce mois de septembre, où la nature, qui ne sait mentir, l'avait affranchi de ce qui faisait le jeu ou le souci du monde.

« Et moi, pour vous, je ne serais qu'une ombre? » — telle était la question pressante. La réponse lui suscitait une angoisse d'autant plus aiguë qu'elle était liée à cette invincible expédition à Saint-Ours-sur-Richelieu. Réveiller Lucie? et avec elle, qui sait, Charlette, Edith, Muriel... tant d'autres visages à qui il devait d'être cet errant en quête de soi-même?

Dans l'immobilité du milieu du jour, le mouvement de la voiture marquait seul la marche du temps. Laurent proposa une brève halte. L'auto vira, descendit vers une avancée de béton, plus large que longue, quai à l'usage des pêcheurs du dimanche, désert à cette heure de plein soleil. Dès l'arrêt, la mouvance alanguie du Richelieu rendit au temps son cours. Non loin du quai, prolongeant le parvis de l'église de Saint-Marc, une terrasse inclinait vers la rivière sa pelouse ombragée de hautes futaies d'où se détachait dans l'air coi, à chaque instant, l'adieu d'une feuille solitaire. Ils se dirigèrent de ce côté, sans se parler et tenant leurs distances. Dans le gazon, ils s'allongèrent, Laurent à plat ventre, appuyé sur les coudes, mordillant des brins d'herbe, Muriel mains nouées sous la nuque, le front dégagé, le regard inondé de ciel. Le marbre du visage portait ce quart de sourire qui exprime l'abandon à la pure existence. Dans la paix du jour, personne, pas une voix, que ces deux destins rejetés là par le fait du hasard, gisants de chair sur un invisible tombeau : le tombeau de ce bonheur auquel ni l'un ni l'autre ne voulait plus croire. Leurs yeux se rencontrèrent, cherchant dans le sentiment qui les unissait autre chose qu'une désespérance commune, partagée à l'égal d'une aspiration... Laurent se mit à genoux, découpant un instant son profil figé sur un léger frissonnement de feuilles :

— J'en conviens, dit-il enfin, vous êtes plus qu'une ombre pour moi. On a beau dire, le malheur, ça rapproche... Ça donne du poids aux êtres, aux choses...

Alors il gagna le bord de l'eau. Du contrefort en ciment qui soutenait la terrasse, son regard balaya la profondeur du paysage. En face, au milieu du long alignement de maisons basses bordant la rivière, pointait le clocher de Saint-Charles ; ainsi se font face de villages en villages les clochers du Richelieu, pareils à la double flèche d'une cathédrale dont le cours d'eau formerait la nef. Sans se retourner, indiquant la rive opposée, Laurent cria :

— Saint-Charles ! Les Patriotes... La défaite !...

Les mots claquaient comme d'étranges cris de victoire dans le silence du jour aux vitraux infinis. «Vaincus dans la lutte, ils ont triomphé dans l'Histoire» — Laurent songeait à la parole du Chevalier DeLorimier témérairement inscrite sur le monument à la gloire des héros de 1837; et plus près de lui il songeait à toutes ces révoltes, obscures ou éclatantes, que leur solitude voue à la défaite. Ainsi se rassurait-il sur sa propre destinée, sachant ce que valait la justice des hommes.

D'un bond, prenant appui sur le mur de soutènement, il se trouva debout sur l'étroite grève, inlassablement léchée par les vaguelettes de la rivière. Comme il faisait enfant, longtemps il s'absorba dans le va-et-vient de l'eau, le ballet sans fin des algues et des plantules. Les lents étés de Saint-Hilaire refluèrent à sa mémoire.

— Regarde, dit Emile en s'arrêtant près de lui. Personne au village, à part de moi, qui est capable de lancer une roche de l'autre côté... En connais-tu beaucoup aussi qui peuvent faire dix ricochets d'un coup?

À l'exemple du fils du forgeron, choisissant un galet, il le projeta de toute sa force d'homme sur la surface de l'eau moirée: le galet glissa longuement avant de s'engloutir sans laisser de trace. Ensuite Laurent saisit un caillou au hasard et de son bras se mit à décrire un large cercle sans quitter des yeux le rivage opposé, quand soudain le geste se suspendit de lui-même, les doigts s'ouvrirent et la pierre alla se tasser parmi les innombrables. Tenter l'impossible, à quoi bon? Pour son malheur, il n'était pas, il ne serait jamais fils de forgeron.

Il y avait à Saint-Marc une auberge réputée pour sa table. Du temps de sa magnificence, Laurent y était venu plus d'une fois. Aujourd'hui ni lui, ni Muriel ne sentaient leur faim, malgré l'heure, les promesses de bonne chère, les écus retrouvés. Après qu'ils eurent regagné la voiture, une vive manœuvre les ramena sur la route, direction nord toujours.

— Je vous crois intelligent et sensible, dit Muriel après un temps, capable de bien des choses. Pourquoi vous ingénier à vous nier vous-même? Je ne parle pas d'ambition vulgaire…

— Ambition de quoi? repartit Laurent. D'ailleurs j'en ai énormément: me défaire de mon masque, me retrouver moi-même derrière les singeries du fantôme. Quitte à m'apercevoir qu'il n'y avait rien.

Un peu plus tard Muriel reprit:

— Ayant tout eu sans doute, ayant goûté à tous les alcools de la vie, ça vous est facile de ne rien désirer.

— Comme a dit quelqu'un, je ne désire plus rien que ce qui ne s'achète pas. Plus jeune, figurez-vous, je voulais écrire…

— La gloire?

Laurent se fige. Il écoute.

— La gloire, elle s'achète comme le reste, fait Edith Hampton blasée. Il n'y a pas trois écrivains par génération. Alors pas la peine de te fatiguer, *darling*…

— La gloire aussi s'achète, dit Laurent. Il n'y a pas trois vrais écrivains par génération. Alors il y a beau temps que j'ai renoncé à donner un témoignage de moi digne d'être porté à l'attention de l'humanité!… Non, croyez-moi, une modeste tentative d'amour ou de haine me satisferait…

— Vous n'êtes pas si désillusionné, protesta Muriel.

— Malheureusement pas assez pour que l'orgueil ne s'en mêle : crainte d'être dupe, il se défie de la moindre tendresse pour ne plus imaginer qu'un amour abstrait, immobile, intemporel. Dans son mépris des apparences, il récuse la condition humaine, ondoyante comme le Richelieu. De même la haine : comment y croire sans croire aux fantômes ? Et pourtant c'est vrai, je hais, même si cette haine doit se retourner contre moi. Et j'aime aussi... — qui sait ?

Jamais Laurent ne s'était ainsi laissé aller. Muriel, sans oser le regarder, approuva d'un signe de tête, vague et douloureux, ce qu'elle ne pouvait nier, d'expérience ou d'instinct. La voiture reprit son régime égal. Mais ils ne virent pas Saint-Antoine et quand ils atteignirent Saint-Roch, ils n'avaient pas prononcé une parole. L'attente du bac, un gamin qui pêchait près de l'embarcadère, réveillèrent à nouveau l'enfance. Est-ce qu'elle ne s'endormirait jamais ?... Mais comme le gamin tirait de l'eau un minuscule poisson frétillant que le soleil blessait d'éclats de lumière, Muriel vit Laurent détourner la tête et préférer suivre une volée de moineaux qui d'une âme commune s'arracha au sol pour disparaître derrière un écran de saules.

— Le plus déroutant, c'est que pour nous, les hommes, la vie soit une partie qui se joue tout seul. À quoi cela rime-t-il ? Où cela mène-t-il ?

— Vous avez donc la foi... pour vous poser de telles questions ?

— La foi de ceux qui en ont eu une… Ce pourrait bien être la plus intraitable.

En face, accroché à son câble, le bac quittait Saint-Ours et venait à leur rencontre. Il avançait lentement, marquant comme une hésitation entre les deux rives du Richelieu, plus encaissé ici qu'ailleurs. Laurent dit à Muriel sans la regarder :

— Votre malchance à vous porte sa chance. Vous êtes mère, cela suffit.

— Que voulez-vous dire ?

— Vous avez créé, vous vous êtes renoncée en faveur de ce petit Vincent que vous ne lâcheriez pas au prix de votre vie, lui qui fait votre misère. Moi, je n'ai pas su. J'ai joué la comédie, non pas depuis un mois, depuis quinze ans. Une erreur d'aiguillage m'a écarté de ma voie.

— Comme s'il pouvait y avoir une autre voie que celle qu'on a suivie ! L'important est de savoir où elle conduit, et cela vous l'ignorerez jusqu'à votre dernier souffle.

Laurent tourna la tête vers Muriel qui lut un sombre espoir au fond de son regard. Mais aussitôt, il dit d'une voix âpre :

— Toute cette haine qui m'habite… Cette haine impuissante qui me ronge, confondue avec autant de remords stériles…

Le bac s'était attaché à l'embarcadère ; on abaissa la rambarde mobile et Muriel n'eut qu'à desserrer le frein pour que l'auto glissât doucement sur le plancher du bateau, lequel s'enfonça sensiblement. Point d'autre passager, le départ se fit sur-le-champ. À bord seulement le batelier vint réclamer le prix du passage.

— Dommage que ce soit si utile, observa Laurent en acquittant le coût de la traversée.

Utile l'argent? À quoi donc pour une fois? Muriel ignorait toujours le pourquoi de cette randonnée à Saint-Ours qui lui paraissait la chose du monde la plus gratuite. Mais tellement imprévues étaient les manières usuelles de son compagnon qu'elle ne songeait même pas à l'interroger. Pas plus que Laurent n'osait l'éclairer sur les motifs de ce pèlerinage qui lui faisait chercher dans le passé les clefs d'un invivable présent.

Une fois transbordés, ils remontèrent la pente abrupte qui aboutit à la grand-rue. Ni l'un ni l'autre ne connaissaient Saint-Ours, même si tant de nuits Laurent avait rêvé à ce nom bizarre, gros pour lui de reproches. D'un geste à peine tremblé, il fit ralentir Muriel. À un vieillard portant chapeau de paille qu'ils allaient dépasser, il demanda la poste. Deux rues à franchir, ils y étaient.

Sans mot dire, Laurent sauta de voiture et pénétra dans le bureau de poste, simple guichet au fond d'une pharmacie de village. Une vieille demoiselle, sèche et fripée, y officiait dans la calme lenteur d'une après-midi villageoise. Frôlant la jaquette blanche d'un commis affairé à déplacer des flacons sur un haut rayon, Laurent marcha droit à la postière et formula la question qui l'étouffait. Une personne avait autrefois habité Saint-Ours dont il avait perdu la trace. Peut-être saurait-on l'aider à la retrouver. Au nom de Longtin qu'il donna, le visage de l'interlocutrice montra le plus vif ébahissement. Puis une méfiance hostile. Elle se referma comme une huître et considéra l'étranger par-dessus son pince-nez. Sous la dilatation des narines, la lèvre supérieure était sillonnée d'une infinité de menues rides verticales qui se plissaient et se déplissaient au gré des pincements de bouche de la demoiselle. Laurent dévorait des yeux cette face d'oiseau effarouché. Comme il insistait:

— Eh bien, puisque vous y tenez, fit la postière guindée, c'est mon beau-frère et ma sœur Aline. Ils sont seuls à porter ce nom par ici. M. et Mme Horace Longtin demeurent à deux pas d'ici, juste derrière l'église.

Le cœur du Farouche se mit à trépider. Se délivrer de cette obsession quinze ans enfouie, quinze ans présente au cœur de sa conscience, lancinante comme une question de vie ou de mort car c'en était une en effet... Il s'éloigna de quelques pas de somnambule, affecta de concentrer son attention sur des articles à l'étalage qu'il ne voyait même pas. La demoiselle de la poste le suivait avec des yeux où la curiosité le disputait à plus d'inquiétude encore. Elle qui connaissait tout le village par son nom, et rien que le village, cet inconnu vaguement hagard s'enquérant de parents si proches la troublait à la façon de ces événements rarissimes qui viennent de-ci de-là brouiller la flaque étale des jours et des saisons campagnardes. Remontant vers elle, Laurent bégaya:

— Ces personnes... ce monsieur et cette dame, vos sœur et beau-frère, n'avaient-ils pas... une fille?

Cette fois la demoiselle tressaillit, s'agita dans sa cage comme un oiseau déplumé. Elle toucha ses feuilles de timbres-poste, ses formules, souleva ses tampons, repoussa machinalement un tiroir. Enfin son nez plongea au point que Laurent crut que l'huître se refermait pour de bon. Alors il réitéra doucement mais fermement sa question, rassurant la vieille fille de son mieux et protestant d'une discrétion de pierre tombale. Tant d'insistance sembla redoubler son émotion. Fixant sur elle des prunelles avides, Laurent dit:

— Vous êtes sa tante, n'est-ce pas?

La demoiselle releva la tête et, sous sa mine effarée, Laurent discerna une secrète fierté. Il s'impatienta:

— Cette jeune fille se nommait Lucie, pourquoi le nier?

Vaincue, fascinée, la postière de Saint-Ours-sur-Richelieu hocha la tête en signe d'acquiescement.

— J'ai besoin de savoir ce que cette jeune fille est devenue, vous m'entendez?

L'autre resta muette, troublée jusqu'à l'hébétement. Puis le prenant de haut et affichant un air digne:

— Ça ne regarde que moi, Monsieur.

— Que vous seule? Vous en êtes bien sûre?

Laurent dévisagea cette physionomie sévère et retranchée. Il regarda aussi de chaque côté, et, penchant la tête en avant, tout contre la grille du guichet, il murmura instamment avec une anxiété qu'il ne déguisait plus:

— Écoutez, j'ai bien connu Lucie Longtin autrefois, je ne lui veux aucun mal... Je vous conjure de me répondre.

— Ma nièce est morte. Ne m'en demandez pas davantage, je ne vous dirai rien.

— Morte? proféra le Farouche ne contenant pas son émotion. Quand ça? Dites! Quand ça?

La question parut soulager la demoiselle.

— Oh! il y a longtemps bien longtemps. C'était en 1951.

— Vers le mois de novembre?

— Comment savez-vous? s'étonna-t-elle, saisie.

— Accidentellement?

— Oui… ç'a été accidentel… Naturellement que ç'a été accidentel, bredouilla-t-elle moitié pour elle-même en branlant du chef.

Laurent se redressa, lentement. En même temps ses traits se durcissaient sous l'effet d'une contraction douloureuse. Soudain la tante parut comprendre, ses yeux s'écarquillèrent derrière son pince-nez.

— Vous… vous êtes… le père de la petite Catherine? bredouilla-t-elle.

— Et pourquoi pas? murmura Laurent, il en faut bien un.

Puis, se prenant le crâne à deux mains:

— Malheureux que je suis!

Au spectacle de cet aveu spontané, la vieille fille parut se radoucir en faveur du coupable. Sa sympathie se fit volubile:

— Catherine sera là tout à l'heure. Tous les jours, à quatre heures, elle vient me relayer après la classe. Elle a seize ans maintenant. C'est sa dernière année. L'automne prochain elle pourra me remplacer au guichet. C'est à cause d'elle que j'ai laissé passer l'âge de la retraite. Mais quelle fatigue pour moi!... Encore vingt minutes, si vous voulez patienter, elle sera ici. Vous lui parlerez de sa chère maman, puisque vous l'avez si bien connue. Mais surtout pas un mot... de l'accident. Elle a toujours été sensible, Catherine. Bébé, elle pleurait dès que je la laissais toute seule. Car c'est moi qui l'ai élevée, il a bien fallu. Et pourtant, je n'étais pas jeune, j'étais fille, je ne m'y prenais pas toujours comme il faut. Mais un bienfait n'est jamais perdu. À présent elle demeure avec moi, elle me tient compagnie, elle me rend de petits services. Une enfant sans père, pensez-vous, ses grands-parents n'en ont jamais voulu! Ils étaient pour la respectabilité, ça jasait dans le village. D'une manière on ne peut pas les blâmer. Moi, ça ne me dérangeait pas tant que ça. D'autant que j'avais toujours eu un faible pour ma nièce unique. Vous l'avez connue, je n'ai pas besoin de vous dire comment elle était. C'est un malheur qui lui est arrivé, je ne veux pas savoir comment. Elle avait des idées trop au-dessus de son milieu, des passions de grande dame, de la fierté à revendre. Si seulement elle avait mieux connu les hommes! Pourtant elle s'était battue à quatorze ans avec un étudiant qui travaillait l'été sur la terre de mon beau-frère, un étudiant malintentionné qui avait cherché à tromper sa sincérité. C'est égal, elle a dû bien vous aimer. Mais vous, pourquoi l'avoir abandonnée? Vous me faites l'effet d'un homme honnête. Qu'est-ce qui vous a poussé à renoncer à votre enfant, à délaisser sa mère? Pauvre

Lucie, je l'aimais comme ma propre fille. Alors quand il a fallu que quelqu'un se charge de la petite Catherine, je n'ai pas pu le refuser à sa mémoire. Maintenant Catherine lui ressemble comme deux gouttes d'eau, c'est son portrait au même âge. N'allez pas l'inquiéter, elle s'est habituée à son état d'orpheline de père et de mère. Vous la verrez tout à l'heure, vous verrez comme elle est grande, et fine, et *smatte* comme pas une. Naturellement elle me doit beaucoup, vu que je me suis occupée de son éducation, jusqu'à lui apprendre son futur métier. Depuis quarante ans que je tiens la poste, vous comprenez que ça n'a pas de secrets pour moi...

Laurent le Farouche écoute, n'entend que des syllabes dénuées de sens. Foudroyé, des larmes sans voix lui coulent à l'intérieur. Un «accident» à la naissance? Ce serait encore trop beau. Il a causé jadis la mort d'un être chèrement aimé en succombant aux appels des sirènes de la mer des Sargasses. Un chagrin sans nom l'étreint. Elle se nomme Catherine; elle vit ici humblement. Elle va rentrer de l'école avec ses livres sous le bras...

D'abord stupéfié, Laurent tourna lentement les yeux vers la vitrine, redoutant l'apparition. Puis, rassemblant ses esprits, il s'en alla vite, sourd aux égosillements qui le poursuivaient:

— Ne partez pas, Monsieur! Vous la verrez! Elle sera là, je l'attends d'une minute à l'autre!

Comme il quittait le trottoir, Laurent donna contre une grande fille aux yeux limpides qui venait de traverser en courant. Celle-ci s'excusa d'un sourire étonné — parce qu'il n'était pas du pays sans doute… Remué dans l'âme par la rencontre de ce visage qui lui renvoyait le sien, Laurent passa outre sans s'arrêter. Quand il se retourna, la porte vitrée de la pharmacie se refermait sur la jeune fille. À peine s'il avait vu passer une ombre…

Une fois dans l'auto, Laurent fut saisi d'un violent désir d'alcool et de cigarettes. Depuis quand n'avait-il pas bu, fumé? Mais son désir mourut tout de suite.

— Rentrons, dit-il à Muriel. Inutile de s'attarder ici, je vous ai fait perdre assez de temps.

— Mon temps, ce n'est rien. C'est Vincent. Est-ce qu'il aura seulement mangé quelque chose?

À Saint-Hilaire, à la même heure:

— Georges, va me fermer cette porte et prends les moyens qu'il faut pour qu'on n'entende plus la tousserie de ce braillard-là!… Jolie mère qui s'en va courailler toute la journée avec *l'homme engagé!* Et ça se donne des airs de sainte nitouche, sacre-dieu… Qu'elle ne me prenne pas pour une bonne d'enfant, par exemple!

Et Georges de revenir au bout d'un moment, la mine triomphante:

— Je lui ai tamponné le bec avec un mouchoir. Il nous embêtera plus. Combien que tu me donnes, grand-père?

Dès que, sortie du village, la voiture eut pris de la vitesse, roulant maintenant vers le sud, sur la rive droite du Richelieu, Laurent Vallois s'abîma dans le terrible secret de son existence, qui lui sembla peu à peu prendre une autre figure. Bien qu'effondré, il s'étonnait de ressentir un soulagement dans la confirmation de tout ce qu'il avait redouté. Il acceptait sous forme de certitude ce qu'il avait quinze ans refusé sous forme d'angoisse. Dans l'irréparable, sa conscience retrouvait un semblant d'unité. Le temps des remords, tant bien que mal refoulés depuis sa fuite à la Martinique, était révolu. Plus question de se jeter dans les plis mouvants du Richelieu comme en un linceul. À présent — vivre! N'importe comment, mais vivre! Vivre en coupable puisqu'il l'était, mais vivre libre, toute honte bue, tout orgueil tu. Songer que depuis un mois, la conscience encombrée de scrupules, il se refusait à donner cours à sa haine du monde pour retourner contre soi ses flèches les plus venimeuses... Et certes il ne doutait pas les mériter : le mal l'habitait puissamment qui faisait de Lucie deux fois sa victime. Mais, né libre, à qui devait-il cet abaissement, cette dégénérescence eût dit son grand-père, ce dépaysement intérieur, souffrance de n'être plus soi-même — le Farouche? Et de passer en revue le triste cortège de fantoches à qui il devait d'être cette larve qu'il se voyait devenu, à commencer par sa propre famille jusqu'à tous ces autres dont il avait subi l'ascendant, l'exemple ou la tyrannie. Depuis mademoiselle Simon :

— Laurent, à genoux dans le coin! glapit la maîtresse. Que ça t'apprenne à refuser de jouer ton personnage... Farouche, va!

Sans oublier Edith Hampton, la Circé maudite au cynisme désabusé et, qui sait? par trop véridique:.

— *Never mind Lucy, darling, love is just a word... And so is art and everything else but good juicy sex...*

Et que dire de ce hideux père Garon, image grimaçante de l'humanité entière, féroce incarnation de cette société devant laquelle il n'avait cessé de s'incliner, fût-ce «par servitude librement consentie»?... Idiot qui allait se priver d'être heureux à cause du mal qu'on lui avait fait, qu'il s'était fait à lui-même avant de le répandre autour de soi! Libre de haïr tout son saoul, peut-être retrouverait-il la liberté d'aimer ce peu qui en valait la peine. L'existence de Vincent, de Catherine, de Muriel, ne légitimait-elle pas, par contrecoup, son horreur de tout le reste, y compris de lui-même?

Émergeant de sa torpeur lucide, il se mit à remarquer tout avec une attention nouvelle. À droite, le soleil toujours radieux déclinait au travers de lourds nuages frangés d'éclats plombés. Des faisceaux de rayons gris argent tombaient en nappes sur l'espacement des fermes où ruminait un bétail écrasé et repu. La brise en se levant faisait dresser la crête aux flots de la puissante rivière dont les mille feux semblaient la palette tourmentée d'un artiste. C'était un soir précoce d'automne. Dans son élan, la voiture traçait derrière elle un sillage de feuilles écorchées raclant la chaussée. Et toujours la campagne fuyait, dévorée par la route. Libéré des illusions d'une existence sobre et saine, immuable

à l'image de celle qu'il prêtait aux ancêtres labourant ces mêmes champs diversement fauves, ocres,
dorés, roux, Laurent se laissait pénétrer par
l'immense éphémère, à quoi résistait seule, droit
devant, dominant la plaine, la Montagne de Saint-
Hilaire, impassible témoin des métamorphoses du
ciel et des saisons.

À l'extrême horizon, vers Montréal, se tendait
sur toute sa longueur un voile opaque augurant la
pluie.

Rencogné contre la portière, Laurent observait
encore d'un œil vaguement attentif les impercepti-
bles mouvements par quoi Muriel rectifiait à chaque
instant la direction du véhicule. Il contemplait à la
façon d'une chose étrange et désirable la merveille
de la main lisse posée légèrement sur le volant. Et
plus il la considérait, plus elle lui apparaissait sans
commune mesure avec toutes les autres splendeurs
naturelles qui l'entouraient. Par n'importe quel
moyen, il fallait désenchaîner pareille main, la
laisser donner et prendre au gré de sa tendresse.

— Comment supportez-vous cette existence
humiliée dans la Montagne, cette vie… d'esclave
que jusqu'à moi, l'employé, chacun vous fait subir ?
attaqua-t-il tout de go.

Avant que Muriel eût pu répondre, sa main à
lui vint se joindre doucement à la sienne. Et il se
souvint d'avoir réprimé cette impulsion l'après-
midi même alors qu'ils étaient étendus dans le gazon
de Saint-Marc sous les futaies laissant filtrer l'azur.
Que s'était-il passé entre temps ? La mort… La mort
qui excuse et hâte tout.

— Que m'importe mon beau-père et ses noir-
ceurs après tout? Si ce n'était de votre présence…
mettons que j'étais habituée.

— De ma présence?…

Violemment sa main se referma sur celle de
Muriel qui dit, éludant la question:.

— Partez, vous qui êtes libre. Laissez-moi avec
Vincent.

Toujours Vincent…

— Partir? L'envie m'en a passé tout à l'heure,
à Saint-Ours… Nous verrons d'ici la fin de la
récolte. S'il ne s'agissait que de vous tirer des pattes
de votre beau-père, je pourrais… Autant que
l'argent puisse sauver quoi que ce soit… L'amour
aussi recouvre bien des mensonges…

Il parlait maintenant de l'amour comme d'un
sentiment presque honteux, prêt à s'en remettre à
l'argent pour un bonheur auquel il ne croyait pas.
Ah! s'il n'avait pas été riche!… S'il avait été le fils
du forgeron…

— Pourquoi cette défiance à l'égard de ce que
vous êtes? de ce que vous sentez?

— Mais pourquoi ne s'aime-t-on pas si ce n'est
parce qu'un jour très lointain peut-être on ne s'est
pas cru aimé tel qu'on était? C'est devenu indéraci-
nable. À moins que… Mais à quoi bon? Il n'y a pas
d'amour, — que des gestes d'amour.

Il baissa les yeux pour ne pas apercevoir le front
de Muriel, le tremblement de son visage traversé de
questions. À cet âge de leur vie, tous deux croyaient
découvrir qu'il n'y a pas d'amour sauveur, seulement des preuves d'amour et chacun se demandait

quelle preuve, fût-ce d'y renoncer, authentifierait son sentiment sans le dénaturer en passion ou en pitié. Le jour expirait lentement. Au bord de la voie étroite, rectiligne, les arbres — ormes, érables, trembles, chênes, peupliers — défilaient comme autant d'êtres dissemblables au long d'une vie. L'automobile brûlait les villages sans presque ralentir, abandonnant derrière elle, une rumeur aussitôt évanouie. Rares étaient les voitures qui venaient en sens inverse, descendant le cours de la rivière comme eux le remontaient vers sa source, dans un mystérieux rétablissement des choses. De même, la victoire de Saint-Denis, la défaite de Saint-Charles, abolies dans la sereine égalité de l'Histoire, n'émurent plus Laurent. Seul comptait l'instant immédiat comme si le grand-père Delaigle et tous les siècles venaient s'abolir en lui. Du présent, Laurent goûtait l'amertume, scrutait les chances, sondait la vérité surtout, par-delà les blessures du temps.

Ah! qu'une fontaine d'oubli apaise sa soif d'amour! Le bonheur sans fard à portée de la main… Est-ce possible? Il s'imagine faisant d'un geste stopper la voiture qui se range sur l'accotement. Il dirait:

— Je vous aime, je crois, n'y voyez que votre faute…

Muriel sourit. Il la saisit aux épaules, la rapproche de lui, lui colle les lèvres sur les siennes, douces comme une chair de pomme. Le soir même, dans la chambre, il trouve au fond du cœur aimé un chant pour sa joie retrouvée, avant de disparaître dans la nuit qui l'amena… Que les sentiments se consument, c'est leur destin. Mais les rêves en ont un autre qui est de naître et de renaître à l'infini, étoiles dans un ciel d'ombre à quoi ils doivent leur resplendissement. Depuis Saint-Ours, l'heure a sonné qui balaie le doute et réconcilie le coupable avec lui-même. Ce soir, à la barbe du Vieux, il aimera Muriel et les cloches de la délivrance battront à toutes volées sur la campagne apaisée…

Tandis que sa pensée s'azurait ainsi, la toile du jour s'était insensiblement charbonnée sur toute sa surface. En arrivant à Saint-Hilaire, confuse, la Montagne l'étonna d'aridité sévère.

C'était aux confins du jour et de la nuit. À la villa ils trouvèrent le Vieux en pleine ivresse. À son accoutumée le maître de maison somnolait bruyamment devant la télévision, écroulé sur un bras du fauteuil. D'autorité Laurent coupa le son, éteignit l'appareil.

À l'instant même, — un cri déchira le silence. Muriel venait de monter. Laurent comprit. Comprit que le temps ne permet aucune trêve et que le présent se fait et se défait sans cesse.

Il fallait que l'innocence fût emportée pour que se réveille et bientôt se révolte son inguérissable culpabilité.

« Mort de rien, étouffé par ses propres spasmes », prononça avec componction le docte Esculape du comté de Rouville, appelé en hâte sur les lieux. Il eût fallu veiller au chevet du malade, ne pas le quitter d'un instant. Lui administrer à temps le sirop prescrit. Funeste accident. Condoléances.

L'oracle parti, à qui un tacite accord avait tenu cachée l'existence du fatal mouchoir, chacun se replia sur son tourment le plus brûlant — honte, hargne, indignation, douleur. Dans son accablement, Muriel fut sans voix pour se défendre, encore moins pour accuser; des avances libidineuses, l'infamie d'un meurtre quasi délibéré, rien à ses yeux ne pouvait excuser la criminelle négligence d'une mère fuguant tout le jour en compagnie d'un vagabond à qui on faisait la charité d'un emploi, mystificateur par surcroît. Devant la mort d'un fils, dérision de toute échappatoire. Et malgré cela, jusqu'au milieu de son accablement, pour comble de turpitude, Muriel se défendait mal du regret qu'il ne lui aurait pas été donné, une fois, d'appuyer sa tête sur l'épaule du malheureux qui causait involontairement sa disgrâce. Et Laurent avait la mort dans l'âme à la pensée qu'avec Vincent livré par sa faute aux malins, c'en était fait de son dernier rêve, celui d'un amour innocent.

Au surlendemain de la cérémonie funèbre, Laurent détacha le licou de la jument, sella celle-ci avec son soin habituel et la ramena à la maison sur l'ordre du maître, sans toutefois prononcer aucune de ces paroles d'affection dont il était coutumier. Trop absorbé, son esprit mûrissait un dessein fugitivement entrevu au soir de la funeste découverte, prolongement brutal de la révélation de Saint-Ours. Depuis ces événements, sa pensée tournoyait toujours plus au cœur d'un remous dont la férocité l'entraînait implacablement. Par ce clair matin, toute sa pensée se concentrait, s'ordonnait autour de l'idée d'un acte de justice exemplaire qui l'affranchirait définitivement de ses hontes puisque Lucie s'était bel et bien ôté la vie à cause de lui.

— Bonne bête, dit-il enfin comme il attachait Crème-de-blé à son piquet, non loin du perron.

Là-dessus, Georges déboucha de l'angle de la maison pour s'approcher de la monture avec des airs d'envie. L'apercevant, Laurent eut un haut-le-cœur qui se traduisit par un retentissant « Disparais de ma vue, toi ! », assorti d'une taloche impitoyable. Georges ne se le fit pas dire deux fois et recula à son corps défendant, méditant sa revanche.

— La jument est *parée,* annonça Laurent du pas de la porte après avoir gravi d'un bond les marches du perron. Le Vieux sortit presque tout de suite, la visière de son éternelle casquette rabattue sur les yeux, badine à la main. Il passa devant l'employé sans daigner le voir et s'éloigna dans le gazon en traînant la jambe. Au petit déjeuner, il s'était plaint d'un rhumatisme persistant et n'envisageait qu'à cheval la tournée quotidienne de la propriété. Parvenu au piquet, avant de passer péniblement le pied dans l'étrier, il se retourna. Un pli sarcastique aux lèvres, Laurent l'avait suivi du regard. Le Vieux cria :

— En mon absence gare à toi ! ou plutôt va finir tes pommes ! Je vous ai à l'œil tous les deux.

Il lui semblait superflu de préciser sur quels « deux » flottait sa suspicion jalouse depuis le jour de l'équipée à Saint-Ours.

— Soyez tranquille, vous n'en aurez plus pour longtemps à me surveiller, lui renvoya Laurent. À moins que vous ne vous abaissiez à rétribuer mes modestes services...

— Te payer? maugréa l'autre. Tu peux toujours te fouiller. Je te flanquerai plutôt dehors, suborneur!

À ce mot le Farouche eut un sourire amer, mais au souvenir de l'autre, de Lucie la fière, de Lucie la morte.

— Eh bien, vous pourrez vous en dispenser: je ne suis pas homme à me laisser congédier. Je pars aujourd'hui même.

Une grimace de dépit distordit la face pointue du vieux rapace, qui se borna à secouer ostensiblement les épaules. Le gros de ses pommes rentré, il tenait le principal. Néanmoins, comme il enfourchait la jument, il ne put retenir un sardonique « Assassin! » Dans la bouche de l'authentique meurtrier de Vincent, l'injure devait suffire à sceller définitivement son sort.

Imperturbable et ruminant le plus sûr moyen de se faire justice, Laurent rejoignit Muriel dans la cuisine. Les yeux rougis de la jeune femme lui rendaient les joues plus pâles encore, à croire qu'elle était malade. Avec des gestes d'automate elle achevait de ranger dans l'armoire la vaisselle du déjeuner. Pas une fois elle et Laurent ne s'étaient adressé la parole depuis la tragédie mais chacun pouvait mesurer au sien le désespoir de l'autre.

— Je crois qu'il vaut mieux que nous en restions là, prononça Laurent en s'efforçant au détachement. Je pars.

Muriel leva des yeux éteints sur lui — avait-elle seulement entendu?

Il enchaîna:

— Auparavant, j'aurais besoin d'une corde, assez longue et forte, histoire d'assujettir la passerelle du ruisseau; m'est avis qu'elle ne fera pas l'hiver.

— Une corde?... D'habitude, il y en une dans le seau de la remise, répondit Muriel, absente. À moins que Georges... à moins que Georges...

À ce nom répété comme à son insu, elle s'arrêta, revit la scène: Georges implorant son pardon d'un air pénétré, jurant ses grands dieux qu'il ne se doutait pas... qu'il n'avait fait qu'obéir à son grand-père furieux... Quand elle revint à sa vaisselle, Laurent avait disparu.

Précédé d'un jet de lumière crue, Laurent pénétra dans la soupente fétide accolée à la maison, où s'accumulait un bric-à-brac d'outils de jardinage, de pots de peintures, de vadrouilles et de vieux chiffons. Dans un coin, au fond d'un cuveau rouillé qui servait au nettoyage à grande eau, s'enroulait comme un serpent — la corde.

On était à la deuxième semaine d'octobre. Il faisait triste sur les champs; le verger, effruité, n'était plus guère qu'un squelette où s'accrochaient encore quelques lambeaux de feuillage. Sans prévenir, le plein automne avait surgi, endeuillant un paysage encore tendre la veille. Loin des lourdes splendeurs de l'été, tout en cette saison était frêle, amer, désolé, taciturne. Les rares oiseaux solitaires ne chantaient plus mais voletaient de-ci de-là comme étrangers à leur patrie, ne se posant que pour repartir aussitôt sans but. L'humidité était pénétrante, pourtant il ne faisait pas vraiment froid.

Tout en cheminant vers le ruisseau par le sentier familier, Laurent voyait son plan, d'abord confus, se préciser, se renforcer, déterminé inéluctablement par toute une vie d'asservissement menée en marge de sa vérité souterraine. Parvenu au ruisseau, au lieu de prendre la passerelle, il vira abruptement et longea le ravin jusqu'à ce qu'il atteignît le chemin de l'écurie. Le ponceau franchi, il s'écarta des ornières et s'enfonça assez profondément entre les arbres qui ne lui faisaient qu'un maigre écran; tout en avançant prudemment et surveillant les alentours à mesure qu'il poussait plus avant, il maintenait une distance suffisante entre lui et l'allée principale pour ne pas la perdre de vue. Les pommiers ne remuaient pas d'une ramille; des branches cassées craquaient sous ses pas, ralentissant sa marche parmi les amas de feuilles roussies qui jonchaient un sol rendu spongieux par les dernières bruines. Quand il se vit arrivé à la hauteur de la fourche, là où l'allée se séparait pour former l'ample boucle qui faisait le tour du verger, il se rabattit par terre: Crème-de-blé lui sembla passer tout à côté sans qu'il l'aperçût, comme si elle eût galopé quelque part dans sa tête, ou dans sa poitrine. Se rendant compte qu'il n'aurait pas le temps de mettre son entreprise à exécution avant le retour de l'équipage, il revint sur ses pas, assez loin de la fourche, gagna rapidement la voie maîtresse par où le Vieux ne pourrait manquer de repasser sa cavalcade terminée.

S'offrait un endroit où le chemin était droit, dégagé, en pente légèrement déclinante, aux ornières larges et plates — en tout propice à la vitesse pour peu qu'on laissât la jument aller son train nerveux. Laurent avisa deux pommiers, assez hauts et rapprochés, qui se faisaient face de chaque côté du passage. Sans hésiter, il grimpa dans le plus élevé des deux, laissant dérouler sa corde à mesure. Rompu dans l'art de se faufiler d'une branche à l'autre, il se hissa aussi haut que la robustesse du tronc le permettait ; il enfila sa corde autour d'une solide branche, fit un nœud dont il vérifia aussitôt la résistance. Tous ses gestes étaient empreints d'une parfaite assurance. Il agissait sans fébrilité, galvanisé par la justice ou l'énormité de l'objectif qu'il s'était fixé et qui étouffait en lui tout réflexe de doute ou de peur. Même son teint hâve traduisait davantage la froideur de sa détermination qu'une possible angoisse.

Redescendu, il escalada le pommier opposé. Tenant ferme l'autre bout de la corde mais sans prendre cette fois la peine de la nouer, il s'installa à cheval sur une forte branche qui saillait à l'arrière du tronc, comptant sur celui-ci pour le dissimuler autant que pour amortir le choc que ne manquerait pas de produire la rencontre du cavalier avec la corde. Enroulée plusieurs fois autour de son poignet, celle-ci se tendait invisible au travers des branches des deux pommiers qui se touchaient presque.

Le sang-froid, la diligence dont il avait fait preuve tenaient à une force inconnue, compulsive, venue des entrailles de sa conscience, qui le désignait, lui, Laurent le Farouche, pour le rôle de vengeur de quelque injustice universelle dont le Vieux lui était peu à peu devenu le symbole.

Il fallait que quelqu'un paie pour le mal flétrissant jusqu'à la campagne en deuil. Il fallait que quelqu'un paie pour cette liberté d'aimer entrevue au retour de Saint-Ours et qui lui était refusée —dût-il de sa propre vie faire les frais de son crime. Mais cette vie dont il ignorait le sens, du moins ne la donnerait-il plus pour rien comme au soir où l'appel de la mort avait retenti dans son cœur, il la vendrait chèrement. Et avec l'immolation du Vieux s'éclairerait soudain, qui sait, le sentier obscur, hérissé de ronces, qui l'avait ramené depuis l'enfance, par un enchaînement de félonies, jusqu'au bord de sa Montagne, lieu béni dès lors maudit, où personne n'était innocent de la mort d'un enfant en qui s'incarnaient toutes les faiblesses des hommes.

Tandis qu'embusqué dans son arbre il tendait l'oreille au silence, guettant l'instant propice où abaisser sa corde, lui revenait à l'esprit son respect presque obsessif de la vie de la moindre créature.

— Tu ne dissèques pas ta grenouille? s'étonne son professeur de biologie.

— Non, merci, je n'ai pas faim, répond le Farouche.

Et précisément, il n'avait à cet instant qu'un seul vrai souci: épargner Crème-de-blé. Faire trébucher la jument emportée dans sa course sous la badine et les éperons du Vieux, eût été plus sûr, certainement, que de tenter de faucher l'homme au passage, mais s'il entendait se faire justice, Laurent se défendait de vouloir faire subir à l'esclave le sort réservé au maître.

Ainsi l'éclatement d'un cœur desséché par l'argent marquerait-il non pas uniquement son propre affranchissement mais celui de toute cette part infime du monde livrée à la voracité du monstre — à commencer par Muriel, délivrée d'un maître sans merci et recevant une preuve de cet amour refusée à Lucie la morte.

La matinée fraîche et voilée s'écoulait en douceur comme si rien ne devait troubler sa quiétude, pas même le croassement lointain d'une corneille.

Immensément tranquille, à l'écoute de la vague rumeur d'éternité qui enveloppe la fragilité des choses, Laurent connaissait une paix qui ressemblait à du bonheur. Il sentait au travers des frondaisons clairsemées un faible rayon le réchauffer, lui témoigner la complicité de la nature, détruire avec lui le mensonge humain. La traîtrise de son guet-apens ne l'émouvait pas : avec les veules, il convenait d'être également veule afin que le combat fût loyal. Et puis il risquait l'échec, sa vie, son « honorabilité », au regard de ceux qui n'en ont guère.

Cependant, le temps ne passait pas. De guetter si longtemps commençait à l'énerver. Il se disait, malgré lui, qu'il est un moment pour tous les héroïsmes comme pour toutes les lâchetés. Ensuite le cœur vient à manquer. Le mental, les émotions, en tournant implacablement, renversent les résolutions les mieux assurées, et Laurent appréhendait déjà quelque imprévisible repentir. Non qu'il doutât de sa cause : il se défiait de lui seulement, de ce moi versatile dont la connivence n'est jamais acquise. Il ne souhaitait plus qu'en finir, pour le meilleur ou pour le pire. Tant que l'irrémédiable est en suspens, l'angoisse rôde, pire que la défaite.

À l'instant même, Laurent perçut le galop de Crème-de-blé venant de la fourche et presque aussitôt la cavale déboucha d'entre les pommiers, ventre à terre, ses sabots ferrés labourant l'ornière gauche du chemin, celle-là qui se trouvait du côté de Laurent aux aguets. Comme le cavalier, visière rabattue, allait passer l'endroit où l'attendait son destin, Laurent étendit le bras, relâchant la corde que le misérable, dressé sur ses étriers, reçut en pleine poitrine. Sous le choc il bascula avec une force brutale qui l'envoya culbuter à quinze pieds dans la poussière jaunâtre de l'ornière semée de cailloux.

Obstinément le regard de Laurent s'accroche à Crème-de-blé qui s'enfuit parmi la foule morose des arbres décharnés. Ce n'est que le dernier martellement effacé par la distance que Laurent revient lentement à la masse inerte du père Garon, étendu de tout son long, face contre terre, un bras rejeté dans le dos. Comme c'était simple ! N'était de la corde qui lui pend toujours au poignet, à peine éraflé par la secousse, il se sentirait si peu en cause. Ce corps inanimé qu'il considère longuement lui inspire la même froide curiosité qu'un pantin coupé soudain de ses ficelles. Pas une once de regret en lui, ni même de satisfaction personnelle. Laurent sent le monde allégé d'un poids nul. Le verger se tait. Sur le ciel, un voile de gaze fait une auréole au soleil indifférent. Sans se hâter, Laurent descend de son arbre, s'approche de cette carcasse qui gît là, chaude encore. Mais l'homme est-il bien mort? Pour peu qu'il s'avise de remuer, Laurent n'hésite-rait pas à l'achever comme on termine un devoir bien commencé. Mais la masse de chair molle reste figée dans sa dernière posture, pareille au cadavre qu'elle n'a jamais cessé d'être. Un peu de sang coule de la tempe, juste au-dessus de l'oreille, teignant les cheveux gris; sur le sol, une goutte achève de se coaguler parmi le sable fin. Laurent s'étonne: du sang animait donc ce mortel, un cœur rythmait ses pensées et ses émotions? Et de nouveau il considère avec une curiosité lointaine la dépouille de toutes ses haines.

Avec le même infaillible sang-froid qu'il avait mené toute l'opération, Laurent remonta dans le premier pommier, défit sans effort le nœud plat resserré encore par la tension subie. Avant de descendre et de quitter ce qui serait son dernier pommier, il s'arrêta pour contempler les feuilles dorées, humer les suprêmes effluves de ce vaste jardin où durant un mois il avait accompli l'œuvre servile et absurdement joyeuse à laquelle l'amour l'avait donné tout entier. Son salaire? Il venait de se l'octroyer comme un dû. Quoi qu'il advînt du côté des hommes, sa conscience ne le troublerait pas.

Comme il s'en allait sans regarder en arrière, son pied trébucha sur une branche à même laquelle des grappes de pommes tavelées commençaient à pourrir. Laurent prit le temps d'en choisir une à la peau fripée mais qui avait l'air mangeable. Il y mordit, en recracha aussitôt la pulpe où grouillait un ver et le geste du caillou retenu à Saint-Marc lui partit avec une telle vigueur que le fruit alla se fracasser en plein roc sur la Montagne, distante à cet endroit de la largeur du Richelieu même.

Fort du sentiment de sa liberté reconquise, il se dirigea tranquillement vers le hangar où il se munit d'une hache et d'une scie. De là, à travers une terrain inégal, broussailleux, aux arbres espacés et rabougris, il piqua droit vers la Montagne, laquelle lui semblait venir à sa rencontre jusqu'à le surplomber. En même temps des chardons desséchés se prenaient à son pantalon, lui égratignant les jambes. Il les arrachait distraitement à mesure et cette poussière de chardon irritait ses doigts qu'il ne cessait de frotter les uns contre les autres, tout en songeant au meilleur moyen de consolider la passerelle comme il l'avait dit. Une clôture grillagée, assez récente, marquait la limite du domaine. Par-delà, sur un sol pelé, les conifères commençaient leur ascension, interrompue par des contreforts granitiques où, dans les fissures des blocs disjoints et moussus, prenaient racine les tiges de maigres framboisiers sauvages. Laurent longea la clôture sur quelque deux cents pieds avant de rencontrer le creux de terrain qui lui permettrait de se glisser sous le grillage avec ses outils. Une fois passé de l'autre côté, il se trouva en plein boisé. Quoiqu'il se sût en « territoire ennemi », selon l'expression du feu Dr Delaigle, chez ces messieurs de l'Université McGill, légataires du fameux colonel, qui venaient herboriser pacifiquement dans la Montagne ou bien y dénicher des oiseaux d'espèces en voie d'extinction qui trouvaient là refuge, Laurent prit un instant pour y respirer à son aise, embrassant d'un regard serein le minable hangar en planches délavées, la respectable villa témoin du martyr de Vincent, la désolation d'un verger tombeau de tant de vilenies. Non loin, parmi les buissons, se dressaient quatre jeunes sapins drus comme des lances ; avec soin Laurent les scia l'un après l'autre au ras du sol puis les émonda fort proprement à la hache. Alourdi de son nouveau fardeau, il revint au creux de terrain où il fit passer sous la clôture sa charge de bois et de métal avant de s'y couler lui-même à plat ventre ; puis il prit entre les pommiers rachitiques la direction du ruisseau et atteignit bientôt la passerelle de fortune. Une fois dégagée la végétation folle aux extrémités de la planche, les quatre pieux furent enfoncés deux à deux par la pointe à chaque bout et de chaque côté. Après l'avoir ainsi coincée à grands coups du plat de la hache qui retentissaient loin dans l'air vide, il ne resta plus à Laurent qu'à assujettir la passerelle aux pieux au moyen de la corde sciée en deux parts.

Simple expédient conçu pour égarer le soupçon, son ouvrage emplit Laurent d'une satisfaction sans commune mesure avec le motif qui l'avait suscité et qu'il en oubliait presque. De belle humeur, et sans s'inquiéter pour lui-même du temps qui passait, il descendit au ruisseau se nettoyer les mains de la résine qui lui collait aux doigts, trouva l'eau claire et glacée, y but à même la paume, s'en rinça la figure. De son crime de justice, il ne gardait qu'une pensée confuse, à peine moins brumeuse que sa fuite en Martinique. Tant d'années abolies! Sous l'eau qui palpitait, Laurent saisit une poignée de sable pur; lentement il en laissa filtrer les grains entre ses doigts, retrouvant dans cet inexorable effritement de la Montagne l'émiettement des instants humains. Au loin le bourdon du clocher de Saint-Jean-Baptiste se mit à battre l'angélus de midi, signal qu'attendaient à la maison le bol de soupe aux pommes de terre et le morceau de fromage canadien qui faisaient au milieu du jour l'ordinaire du père Garon. En esprit, Laurent fit un effort pour revenir sur l'homme refroidi là-bas, araignée abjectement recroquevillée au centre d'une toile gluante tissée jusqu'aux misères de Montréal. Tant d'efforts, de soins, de ruses, de patience à amasser, dispersés d'un coup de talon! Hélas, un coup de talon a-t-il jamais détruit une fourmilière? Ailleurs, partout, le monde suivait son implacable cours sans que rien fût essentiellement changé. Dans le même air léger, d'autres araignées par milliers accomplissaient l'œuvre qui était la leur, se relayant l'une l'autre jusqu'au terme des termes. À moins que chaque révolte n'eût une portée, une vocation obscure…

Une heure de l'après-midi. Laurent est rentré. Georges a récupéré la jument qu'il fait caracoler autour de la maison. N'obtenant rien de son fils que des ricanements énigmatiques non plus que de Laurent, lequel avale tranquillement la soupe de l'absent, Muriel se porte à la recherche de son beau-père.

Le corps gît là, la face à peine sanguinolente mordant la pierraille du chemin. L'homme est bien mort, sans quoi elle s'approcherait, si forte que soit sa répulsion envers le monstre qui a failli la briser, qui a fait de ses enfants Abel et Caïn. Un tumulte d'impressions secoue la jeune femme. Mort! — le hasard a voulu sa perte. Le maléfice est rompu. Mort solitaire au milieu de ses pommiers, mort sans meurtrier, victime de lui-même ou d'une protesta- tion de la nature. Vincent ne renaîtra pas, mais le ciel n'a pas voulu que son passage restât sans empreinte, que sa croix de pierre restât sans vengeance. Le ciel… Muriel lève instinctivement la tête vers cet impalpable infini, image d'un autre infini qui tôt ou tard redresse l'inégalité des destins. Peut-être… Depuis si longtemps que sa foi a fléchi au vent des douleurs! Mais l'au-delà ne serait-il l'affaire que des heureux? Et s'il y avait là un signe? Muriel voudrait savoir, tout de suite! Qu'est devenu Vincent? Que fait-il? Que pense-t-il? Lui en veut-il à elle, la mère oublieuse, négligente, indigne? Non, ce n'est pas possible : là où il ne souffre plus, il doit comprendre qu'elle n'a jamais choisi entre son amour et son enfant; les choses ne se présentent pas ainsi. Mais s'il est toujours enfant, comment s'expliquerait-il qu'à l'heure cruelle elle n'ait pas été présente ; qu'à l'heure où, bâillonné, il ne pouvait plus appeler : maman ! elle n'ait pas répondu quand même ? Et qui maintenant tourne les pages du *Sapin de Noël ?* Muriel se voit emportée par les « souliers rouges » d'un amour qui ne s'est même pas avoué dans la danse folle qui l'entraînait vers Saint-Marc, vers Saint-Antoine, Saint-Ours-sur-Richelieu. Laurent, je t'ai trop écouté... Qu'allais-tu faire là-bas de si nécessaire que je t'aie obéi, précédé, conduit, sans égard au malheur qui veillait?... Pourquoi le temps si court, la route si longue? Par pitié, qu'on me coupe à moi aussi les jambes, qu'on me rende mon enfant tout malade, et que je sois pardonnée, puisque le Vieux a été jugé et condamné !...

Et Muriel rentre à la villa, effarée, effondrée, estropiée — pardonnée !

Sans s'émouvoir autrement, Laurent suggéra qu'on fît venir le médecin puis, à tout hasard, la police : à quatre jours de la mort du petit Vincent, ça lui paraissait plus prudent, propre à couper court aux commérages. Accouru pour une fois sans trop tarder, le Dr Bonneau ne put que constater le décès de son « meilleur ami » :

— C'était un homme dur pour les autres comme pour lui-même ; j'ai idée que votre épreuve ne laissera pas que des regrets, Madame, commenta-t-il en guise d'oraison funèbre.

Sans douter aucunement que la mort fût attribuable à une banale chute de cheval, à laquelle une faiblesse cardiaque passagère aurait éventuellement contribué, le médecin émit à son tour l'avis que l'on informât la police afin que les circonstances de l'affaire fussent consignées officiellement au dossier, ces précautions devant faciliter l'ouverture normale d'une succession qu'il y avait lieu de présumer substantielle.

— De quoi vous consoler de vos deuils, ma chère dame, dit-il à la mère de Vincent avec un sourire engageant.

Pour la forme quelques questions furent posées par les agents. Sans sourciller, Laurent Vallois, l'ouvrier agricole, déclara qu'il n'en savait pas plus qu'eux, et que de toute façon, quant à lui, toute cette affaire le laissait de glace. La déposition de Muriel n'éclaira pas davantage la force publique: M. Garon, son beau-père, avait pris l' habitude de faire à cheval le tour de sa propriété, depuis surtout qu'il se plaignait de rhumatismes. Ce midi-là, ne le voyant pas rentrer, perplexe, inquiète, elle était partie en reconnaissance...

— Pour faire la macabre découverte, d'enchaîner Laurent avec une grimace, découverte qui, soit dit en passant, n'a rien d'un bien grand malheur pour l'humanité.

Laurent se sentait un besoin de fronder, de se découvrir, comme pour compenser un silence dicté par l'inutilité de faire entendre à quiconque la justice de sa cause.

Comme les agents fronçaient les sourcils devant ces singuliers propos:

— Ne l'écoutez pas, s'empressa d'intervenir Muriel. M. Garon l'a un peu maltraité en l'embauchant à des conditions de misère. Mais il ne s'est jamais plaint et un mois de dévouement à toute épreuve me permet de répondre personnellement de son honnêteté.

Aucun lien ne paraissant non plus se dégager entre la mort de Garon et celle du petit Vincent survenue la même semaine, l'affaire semblait devoir se clore d'elle-même, lorsque Georges qui rôdait autour depuis le début de l'enquête surgit du bout de l'allée, chevauchant la jument Crème-de-blé. Comme tout le monde tournait vers lui la tête, il s'arrêta net. Le plus petit des deux agents, celui qui menait l'enquête, l'interpella :

— Hé! garçon, où c'est que tu l'as trouvé, ton cheval?

Georges hésita, s'approcha avec circonspection. Son regard fuyait, méfiant et sournois. Mais sa vanité s'enflait de se sentir le point de mire de toute la compagnie. Comprenant qu'il détenait à son gré la clef de toute l'affaire, il vint se ranger prudemment auprès de l'agent qui l'avait apostrophé. Sa réticence à parler, ses coups d'œil obliques, lâchement hargneux, du côté de Laurent impassible, semblaient trahir quelque peur secrète de représailles. Cependant les secondes passaient. Le temps était morne. On avait faim. Contrarié parce qu'il ne prisait pas les complications dans une affaire pour ainsi dire classée, l'agent insista par conscience professionnelle :

— Tu l'aimais, ton grand-père?

Georges hocha la tête en manière d'acquiescement.

— Eh bien, dis ce que tu sais. Aie pas peur de répondre.

— C'est lui qui a tué grand-papa, dit Georges en désignant Laurent d'un coup de menton.

Ultime revanche du mort. Dressé par son grand-père à tout épier, rendu haineux et désoeuvré par la taloche reçue le matin même alors qu'il lorgnait le cheval, Georges avait suivi Laurent de loin, à travers toutes ses allées et venues dans le verger. Il l'avait vu tendre la corde, Crème-de-blé fondre dessus et le grand-père rouler dans les cailloux de l'allée. Il raconta tout avec la dernière minutie. Muriel semblait foudroyée. On se récria sur l'invraisemblance de ce conte:

— Mais si tu l'aimais ton grand-père, tu aurais cherché à l'alerter avant... avant l'accident? Ton histoire ne tient pas debout, observa sévèrement le capitaine de la Sûreté en prenant à tout hasard la part du protégé de la dame des lieux.

— Je voulais voir ce qui allait arriver, répondit le petit vaurien avec un cynisme inconscient.

— Belle mentalité! C'est pas toi qui casses des vitres au village? Quel âge as-tu?

— Treize ans et demi, m'sieur.

— Et la fameuse corde, hein? Une corde aussi longue et forte qu'il en faudrait une, ça s'envole comme ça?

Sans ajouter un mot, d'un habile coup de bride, le gamin fit exécuter un tête-à-queue à la jument qui partit au trot, distançant rapidement le petit cortège en marche vers le ruisseau.

Muriel étouffe. Son angoisse est infinie. Plutôt mourir que d'admettre pareille révélation. En même temps, elle pénètre dans la conscience de Laurent,

Laurent qui marche tête haute un peu à l'écart du groupe, elle comprend la force de cet amour dont il n'y a que des preuves... Et voilà qu'il lui semble que c'est elle, la coupable, elle qui aura perdu cet infortuné que ses tourments secrets avaient mené au bord de la rivière noire. Pour qu'il passe de la mort à l'amour, puis de l'amour à la mort, il a fallu qu'il veuille la délivrer de son tyran, ou peut-être qu'il se châtie par un crime pour avoir involontairement contribué à la disparition de Vincent; lui que la détresse attire — pourquoi n'avait-il pas quitté, comme il était convenu, la villa maudite? — il a fallu qu'une âme intacte, ailée, souffrante, s'envole au paradis, pour qu'une autre, abjecte, méprisable, matérielle, s'écrase dans la boue du chemin jaune... Mais elle divague. Que sait-elle de cet homme au silence insondable qu'elle peuple d'élans aveugles, effrénés? Pourquoi aurait-il tué? Et pour elle encore? Oserait-elle se laisser prendre à un mirage horrible dans l'unique espoir d'apaiser son cœur assoiffé d'un amour aussi imaginaire, aussi insaisissable que cette eau qui fuit sous la passerelle raffermie?

— Messieurs les agents de police, vous pouvez le constater avec moi de vos yeux, dit-elle avec un calme insolite. M. Vallois ici présent, notre aide agricole depuis un mois, m'a réclamé ce matin une corde pour réparer cette fichue planche où je manque de me tuer chaque fois que je m'y aventure. Il l'a fait. Non content d'avoir nettoyé le verger en un temps miracle et sans que M. Garon ait jamais eu un mot à redire, il voulait encore rendre service avant de nous quitter. C'est un homme étrange et taciturne, je l'ai observé, mais d'un dévouement exceptionnel. Même, j'ai pu compter sur son bon cœur durant la maladie de mon petit Vincent, dont il a été affecté au point d'avoir payé l'ordonnance de sa poche. Tout ce que je vous dis est la pure vérité… Vilain! poursuivit-elle en s'adressant à son fils, tu n'as pas honte de raconter des sornettes rien que pour nuire à un homme qui ne ferait pas de mal à une mouche?

Il se fit un long silence. La parole de Muriel Garon, première touchée par ce nouveau coup du sort, était d'un autre poids auprès des gendarmes que celle de ce garnement qu'ils reconnaissaient pour avoir participé à des mauvais coups au village, à la sortie de l'école. Des menteries à présent: ça n'avait pas de quoi les étonner.

— Si c'est pour nous servir des inventions sans queue ni tête, tu ferais mieux de te taire, bougonna le capitaine.

C'est alors que prenant subitement la parole et s'adressant à Muriel:

— Non, madame, Georges n'a pas menti pour cette fois, dit Laurent sans broncher.

Et se tournant vers la gendarmerie:

— Son témoignage est en tous points véridique. Faites votre devoir, messieurs.

Le capitaine n'en croyait pas ses oreilles.

— Mais c'est très grave. On vous incrimine, vous devez vous défendre.

— Me défendre? Je répète et je confirme que tout ce qu'a rapporté ce mouchard est l'exactitude même.

Il y eut un moment de stupeur intense. Personne ne désirait ajouter foi aux aveux du coupable, tant c'était contraire aux habitudes.

— Pas plus tard que tout à l'heure vous-même avez déclaré...

— Eh bien, je ne déclare plus, j'affirme. Oui, ma cause est assez bonne. Je pourrais encore me tirer d'affaire sans trop de peine. Mais, réflexion faite, il ne me plaît plus de me disculper. J'ai besoin d'assumer mon acte avec toutes ses conséquences. Ma liberté à moi est à ce prix.

Atterrée, Muriel ne retint pas un geste de supplication vers Laurent dont elle saisit le bras comme pour le réveiller.

— Laurent... Monsieur, pour aucun motif vous n'avez le droit de vous charger ainsi... Ce n'est pas bien, ce n'est pas vrai... Ne faites pas votre malheur.

...« Et le mien », pensait-elle sans vouloir se comprendre, en même temps qu'elle considérait Laurent avec un mélange d'effroi et d'admiration.

— Un acte vaut par le témoignage qu'il rend. Je ne me défendrai pas, mais je m'expliquerai peut-être. Responsable, oui, coupable, non — c'est ainsi que je me vois.

Cependant les représentants de l'ordre commençaient à trouver que l'affaire prenait une tournure intéressante; ils écartèrent Muriel poliment.

— Madame, il faut vous méfier. Votre bonne foi n'est pas en cause, mais cet hurluberlu est un inconnu, étranger au pays — dangereux probablement. Qu'est-ce qu'on sait de ses antécédents?

— Ils ont raison, madame : on ne sait rien de moi dans ce pays. Eh bien, messieurs de la police, si mes ancêtres à défaut de mes antécédents peuvent conférer quelque créance supplémentaire à ma confession, sachez que mon grand-père, feu le Dr Ladislas Delaigle, fut longtemps praticien fort estimé ici même à Saint-Hilaire ; ses concitoyens reconnaissants l'élurent même à la mairie de cette belle et paisible municipalité où il a laissé une enviable réputation de sérieux, de probité et de désintéressement. Dommage que je n'aie pas marché plus tôt sur ses traces.

Les deux agents échangèrent un regard : décidément le soi-disant assassin s'exprimait « en termes » pour un ouvrier saisonnier et sa filiation avait de quoi dérouter. Mais ce n'était pas là leur affaire et la justice se débrouillerait bien avec ces mystères. S'approchant, ils encadrèrent le suspect que sa barbe, son chandail, sa chemise décolorée auraient suffi à rendre soudain coupable de tous les méfaits de la région. Néanmoins lorsque le caporal — un colosse — appesantit sa poigne épaisse sur l'épaule de Laurent :

— Doucement, souffla le capitaine à son subordonné, on ne sait jamais…

— On ne sait jamais en effet, reprit Laurent comme pour lui-même.

Le capitaine toussa, tira un calepin noir sur lequel il se mit à consigner des notes. Pour la première fois de sa vie, sa main, comme le ton de sa voix, manquait d'assurance. Une gêne étrange sapait l'autorité habituelle qu'il tenait de la toute-puissance de l'ordre qu'il incarnait.

— Nom?

— Laurent Vallois, dit: le Farouche. Deux «l» à Vallois — comme les oiseaux.

— Âge?

— Trente-cinq ans de calendrier, quinze d'inconscience.

— On se passera de vos commentaires, l'ami.

—Né à…?

— Montréal, m'a-t-on dit… Mais qu'importe si cette histoire ancienne est morte aujourd'hui à Saint-Hilaire-sur-Richelieu. Par bonheur un geste cruel mais nécessaire a fait renaître tout à l'heure un peu d'enfance entre la rivière et la Montagne, ainsi qu'en automne un pommier refleurirait… Notez, capitaine.

Déconcerté, le capitaine marquait de l'impatience sans trouver les mots ni le ton pour l'exprimer.

— Profession? Occupation, je veux dire?

— Plus embarrassant. Mettons: homme à tout faire — même le bien, n'est-ce pas, Madame?

Debout dans les fougères, Muriel pleurait doucement. Elle renonçait à croire ou à ne pas croire l'impossible, et surtout à protéger Laurent contre lui-même, tant elle le sentait en proie à quelque frénésie implacable d'auto-destruction. Quant à Georges, il ne pensait qu'à se tirer en douce, mais de sa main libre, le colosse retenait par la bride la jument qui labourait le sol mou de ses sabots impatients. Laurent paraissait le moins concerné de tous, levant parfois les yeux sur l'adolescent avec une indifférence à peine dédaigneuse. En réalité, après l'effort fourni, il éprouvait un obscur affaissement de tout son être qui lui rendait à lui-même inintelligibles les tenants et aboutissants du drame où il s'était si lucidement plongé.

— Venons-en aux mobiles du crime, dit le capitaine en s'efforçant d'affermir son ton. Je dois vous mettre en garde que toutes vos paroles pourront être retenues contre vous.

— Raison de plus pour répondre. Mes mobiles? rêva Laurent à voix haute, l'esprit fixé sur quelque fantasme insaisissable. J'avoue n'en point apercevoir qui relève de cette justice humaine dont vous êtes tous deux les dignes porte-parole; à moins d'oser parler de légitime défense lorsqu'on n'est pas soi-même personnellement menacé... Question de salubrité publique, en somme — voyez-vous?

L'agent qui prenait des notes secoua plusieurs fois les épaules, énervé ou plus haut point.

— On verra. Complices?

— Il en faut absolument? Je nomme ma conscience, au premier chef. Il y a aussi le verger, ses teintes sanglantes, le verger révolté qu'on le pille impunément au bénéfice d'un fantoche malfaisant... Non, laissez-moi vous dire: c'était un compte à régler entre lui et moi, c'était le Vieux ou bien le Farouche, — le Farouche, vous m'entendez? L'intérêt de cette dame en pleurs, de son fils que nous avons enterré avant-hier, a dicté mon choix... Nous parlions de mobiles. Tenez: il fallait encore réparer un autre crime, un vrai de vrai; deux autres, devrais-je dire, car il fallait aussi m'affranchir d'un certain passé, trop cuisant... Mais tout ça est trop subtil, trop tiré par les cheveux, diriez-vous, et vous faites bien de ne rien noter.

Intrigué, troublé par ces bribes d'aveux incohérents, le policier restait là sans bouger, le crayon suspendu. Il dit enfin, vouvoyant malgré lui cet étrange prévenu :

— Vous vous expliquerez en temps et lieux, vous en aurez l'occasion… Une dernière question. Vous avez déjà eu affaire à la police ?

— À la police ? Attendez, oui, il me semble justement. C'était il y a longtemps comme dans une existence antérieure à la nôtre. Deux gendarmes — ce pourrait être vous-mêmes — non, ils sont martiniquais, ils portent culottes courtes — deux gendarmes m'interrogent au sujet d'une fille que j'ai séduite et puis abandonnée pour courir après la lune… La lune et la fortune… Bizarre, non ? Hélas, ils me relâchent. Je dis hélas puisque je suis ici devant vous pour répondre de bien moins — que dis-je ? d'un acte de mérite.

— On verra ça, fit le capitaine évasivement.

— Fais pas le fin-fin, c'est pas le moment, dit le colosse en secouant rudement Laurent.

— Laisse-le tranquille, chuchota le capitaine à son trop zélé subordonné en le prenant à part. J'ai comme l'impression que cette histoire pourrait nous porter malchance. Le petit-fils de l'ancien maire… expliqua-t-il embarrassé, ajoutant : tandis que l'autre, le dénommé Garon, passait dans le pays pour un vieil usurier. Il y a même un rapport à ce sujet que j'ai eu entre les mains…

Haussant le ton et tentant de s'affirmer :

— Moi, dans votre conduite, je vois des raisons d'argent ! Combien lui deviez-vous ?

— D'argent! Ah, non, par exemple! La galette est bien mon dernier souci — je n'en ai d'ailleurs aucun mérite, sinon que ce dernier souci me pèse plus que tous les autres réunis.

Les paradoxes de ce va-nu-pieds au verbe sans réplique avaient de quoi décontenancer une force publique déjà passablement démontée par des aveux pour le moins inattendus.

— La vengeance alors? On vous a maltraité, à ce que disait madame…

Pour la première fois, le visage de Laurent exprima une souffrance perceptible, comme si la question le soumettait à une contrainte difficilement supportable. Ses poings se crispèrent violemment. Après un moment de contention extrême, il dit, comme se parlant à soi-même:

— La vengeance est incompatible avec la liberté et je crois pouvoir affirmer qu'en tout j'ai agi librement… Pourquoi? Qui le sait? Détruire une image grotesque de moi-même… En tout cas je ne retiens de mon geste que le parfait apaisement du devoir accompli. Le même que vous allez éprouver, je présume, à m'arrêter sans plus tergiverser, puisqu'on ne vous demande pas de sonder les consciences.

Misant sur son trouble, Muriel lui servit un sérieux coup. Après qu'il l'eut avalé, l'agent dit à son prisonnier:

— Vous avez de la chance: il est question que l'application de la peine capitale soit suspendue pour une période indéfinie.

— Dommage, répondit Laurent, déçu que son crime ne le rachèterait qu'à demi.

Cependant il se prenait à imaginer le prévisible. Ne faites pas votre malheur avait dit Muriel. Comment ne sentait-elle pas que son seul regret était de n'avoir pas fait son bonheur à elle. Comme si cela se pouvait! Et il s'agissait bien d'héritage! Du reste avait-il réellement pensé qu'elle entrerait dans la fortune du vieux renard? Peu après son incarcération, il apprendrait que le testament du Vieux laissait tous ses biens au fils déserteur ou, à son défaut, au petit-fils aîné, Georges, formé à la même école d'indignité. Assigné en qualité de légataire universel, le mari surgirait opportunément pour rafler le fruit de quarante années de rapines honnêtes et licites. L'héritier ferait vendre le domaine de Saint-Hilaire, et s'en retournerait à Toronto ou à New-York se fondre dans la pègre honorable des grandes cités. Certes la loi l'obligerait à verser une miette de pension à sa femme et à son enfant, mais Muriel la repousserait pour sa part et ne consentirait qu'à l'indispensable pour l'entretien de son fils, lequel, rejeté par son père et nourri d'une longue animosité contre sa mère, supporterait gaiment qu'on le mît en pension au Collège de Saint-Hyacinthe où il ne tarderait pas à faire valoir sa réputation de vaurien, la seule convenable à ses ambitions et à son caractère.

— Encore un fond, Monsieur l'agent?

Et sans attendre la réponse, Muriel versa un second whisky que le capitaine, gêné de contrevenir au règlement, se mit à avaler à petites lampées.

— Vous en auriez plus besoin que moi, me semble, s'excusa-t-il. Deux mortalités en moins d'une semaine, ce serait dur pour n'importe qui.

— Jamais je ne prends d'alcool. Mon beau-père m'en a coupé l'envie.

Un silence tomba. Le policier, qui s'était assis, tapotait nerveusement son verre contre la table. Il était soucieux, regardait son prisonnier de travers.

— Mais pourquoi, dit-il soudain à Laurent, vous livrer ainsi? Vous n'ignorez pas le sort qui vous attend? Le procès? La condamnation? On n'a jamais vu un suspect disposant d'un bon alibi passer brusquement aux aveux sur le témoignage d'un garnement de treize ans.

— Ouais, fit l'agent masquant mal son ahurissement. Moi, je suis aux ordres, vous vous arrangerez avec la société. Laurent Vallois, voulez-vous lire et signer cette déclaration par laquelle vous vous reconnaissez coupable d'homicide avec préméditation sur la personne de Joseph-Isidore Garon.

Il lui tendait le crayon avec le calepin noir. Laurent prit le crayon et signa sans lire. Ensuite l'agent rédigea de même une brève déclaration à l'intention de Georges qui, à titre de témoin à charge, traça les lettres de son nom, gauchement et non sans une visible répugnance; après quoi le capitaine le relâcha.

— Vous n'avez rien à ajouter, Madame?
Redressant la tête dans un effort pour se ressaisir, Muriel fit signe que non.

— Rien, sinon que je persiste à douter de la véracité profonde des propos de ce malheureux, ajouta-t-elle.

— Nous ne sommes pas des juges, Madame. Heureusement… Le docteur a procédé à l'autopsie?

— En ma présence, il a examiné le corps, fit-elle sans sourciller. Il a parlé d'hémorragie interne, de fracture de l'os temporal causée par une chute accidentelle. Le Dr Bonneau est une vieille connaissance de la famille. La semaine dernière, c'est lui qui a constaté la mort de mon second fils, étouffé.

Ce mot fit dresser l'oreille au capitaine, qui se demanda ce qu'il devait comprendre. Mais devant le calme poignant d'une mère en deuil, il ne se risqua pas à pénétrer cet aspect d'une affaire qui le mettait dans un état de malaise inconnu de lui. Les instances supérieures auraient le loisir d'aller au fond des choses. Pour en finir au plus vite, d'un signe au caporal, il fit passer les menottes à Laurent, et les deux policiers l'emmenèrent. Muriel suivait.

Lorsqu'ils furent parvenus à la villa, le capitaine dit au colosse :.

— Va me ramener le corps, qu'on le transporte à la morgue. Prends garde de ne pas trop le *maganer*. Moi, je ne quitte pas… le suspect.

Une fois l'autre disparu, il y eut un long silence. L'insolite sérénité de Laurent ne faisait qu'accroître l'agitation du petit capitaine. Se reprenant à espérer, Muriel voulut tenter un ultime effort pour sauver Laurent de lui-même.

— Puis-je vous offrir un verre, Monsieur l'agent? demanda-t-elle. M. Garon était assez porté sur la bouteille et si beaucoup de choses manquent ici, *ça* n'a jamais manqué.

Le capitaine ne répondit pas tout de suite. Ils entrèrent dans la maison.

— Juste une goutte, dit l'homme, en attendant le retour de mon collègue; c'est contre les habitudes, mais puisque vous y tenez...

Laurent se taisait. Lui-même n'entrait plus guère dans les raisons qu'il avait eues de se dénoncer, et avec bravade encore. Sa froide exaltation passée, son crime lui apparaissait dans sa crudité déroutante et absurde. On ne tue pas sans passion, poussé par sa seule volonté, un parfait étranger, si odieux soit-il, quand on n'est pas criminel de naissance. Laurent Vallois n'avait rien d'un criminel de naissance. Mais qui l'est? Et qui ne saurait se faire meurtrier certaines conditions réunies? Alors il fouillait dans sa souffrance, mû par le désir, et la crainte aussi, d'y découvrir quelque lumière insoupçonnée, quelque passion compulsive. Mais qu'avait-il souffert de plus qu'un autre, en somme? Des histoires d'idéal blessé, de femme trahie, de carrière simultanément honnie et poursuivie — des histoires sans prestige, bêtes à pleurer au fond. À pleurer? Pourquoi pas? Mais à pleurer sur soi, sur sa démission, ses remords à retardement, son insatisfaction déraisonnable, jusqu'à sa ridicule phobie de l'argent. Pas de quoi fouetter un chat — mais peut-être de quoi tuer un homme? Un insurgé vaincu tourne aisément à la névrose: son suicide manqué!... Mais devant la mort de Lucie, de Vincent, de son enfance, — celle de l'avare faisait-elle le poids? Ah! s'il n'y avait eu l'intérêt d'une femme, source d'un sentiment mal oublié qui aurait pu le réconcilier avec lui-même...

Muriel! Comme elle scrutait anxieusement son visage! Comme elle ne cesserait de l'interroger jusqu'à cette salle d'audience bondée de curieux où bientôt on le traînerait! Et vainement elle chercherait derrière le masque de la déchéance publique l'immense amour qui avait tout décidé. Comment le devinerait-elle, cet amour, à une volonté extravagante d'expier librement, à la face des hommes, le ratage d'une vie, avec son bagage de soumissions, de hontes, de lâchetés? Comme si le droit d'aimer s'achetait avec de si pauvres moyens qu'un crime!

— Étouffé? dit subitement le capitaine, vous avez bien dit: étouffé?

Muriel laissa tomber la tête sans proférer aucun son. Ses propres remords, mais son cœur de mère surtout, ne pouvaient se résoudre à livrer Georges à son amour.

— Étouffé volontairement? insista le capitaine. Répondez, Madame.

— Par ma seule faute, hélas...

— Il faut dire ce qui est, intervint Laurent. Bâillonné sur l'ordre du grand-père, ou tout comme.

— Vincent était malade, dit Muriel d'une voix trébuchante, il toussait... Georges.... C'est trop affreux... Je ne peux pas... J'étais partie chercher un médicament avec M. Laurent, un médicament que mon beau-père refusait de payer... Nous nous sommes attardés, une commission à Saint-Ours... À notre retour... Non, je ne peux pas... M. Laurent s'était attaché à Vincent, il a réagi brutalement, j'imagine... Nous n'avons pas échangé une parole… Mais ce n'est pas un criminel, il a donné trop de preuves de son humanité… Je n'ai pas d'intérêt à le défendre, seulement la vérité…

Le policier souleva son képi pour se gratter la tête qu'il avait lourde et suante. Il se demandait s'il ne rêvait pas. Jamais enquête n'avait présenté autant d'aspects inquiétants, insaisissables. Et lui qui ne concevait que des situations nettes, des consciences blanches ou noires… Il se mit sur ses courtes jambes que l'alcool alourdissait, fit quelques pas vers la porte entraînant Laurent pour se dégager en hâte d'une situation qui ne lui assurait plus ses certitudes.

Là-dessus le colosse survint, portant le cadavre sur ses bras tendus.

— Va le coucher dans la voiture, dit le capitaine, et attends-moi.

Le colosse sortit, non sans avoir jeté un regard de défi à Laurent. Mais celui-ci semblait de plus en plus étranger à ce qui l'entourait.

— Un enfant bâillonné sur ordre de la victime, murmura le capitaine… Voilà une circonstance sur laquelle il faudra que le tribunal fasse de la lumière. Pour l'instant j'ai une confession, sans plus…

— De la lumière! s'exclama Muriel. Mais elle est toute faite et personne ne la recevra mieux que vous. Cet homme prend plaisir à se charger. Il y a du masochisme en lui, à cause d'on ne sait quelle épreuve passée… Venir se terrer dans la Montagne, travailler gratuitement aux pommes, ça ne s'est jamais vu… Donner son temps à une famille malheureuse, et même son argent, lui qui pourrait… Car il a des moyens, j'en ai la preuve… Il se charge pour être condamné exprès... Il ferait n'importe quoi. Je l'ai recueilli au bord d'une route noire près de Saint-Jean... Il allait se jeter dans le Richelieu, sa rivière natale comme qui dirait... Il revient dans les bras de sa mère. Comment aurait-il pu tolérer la mort de Vincent?...

— Des impressions, en somme, se défendit le capitaine assailli par un tournoiement de doutes et d'émotions.

— Monsieur l'agent, implora Muriel sans bouger, vous me paraissez un homme raisonnable. Vous allez déclencher un processus judiciaire dont j'ai peur que votre conscience ne porte les conséquences votre vie durant. Votre vie durant! Je ne fais pas appel à votre pitié, mais à la justice, une justice supérieure aux apparences. Épargnez non un coupable, mais une victime, un *innocent*.

À ce mot, Laurent sortit de sa rêverie et hocha la tête.

— Innocent, vous croyez?... Qui l'est? Voyez la mort de Vincent. Mais il y a des hommes qui ne méritent même pas d'exister: j'en suis un. Le père Garon en était un autre. Entre les deux, à vous de choisir, capitaine, comme j'ai fait moi-même. Il y a des jugements dans la vie qui jugent celui qui les prononce. De toute manière, vous ne risquez guère de vous tromper.

Mis en cause, promu juge, le capitaine se tut. Les responsabilités personnelles le terrifiaient, habitué qu'il était à se retrancher derrière l'évidence contraignante des faits bruts, la glace des principes — la légalité.

— Non, personne n'est innocent, reprit Laurent, pas même vous, capitaine, surtout pas vous qui êtes en fonction d'autorité. Cependant faites le devoir qu'on vous a enseigné. Ne prenez pas sur vos épaules ce qu'elles ne sauraient porter : emmenez-moi tout de suite et que la justice des hommes suive son cours. Ma culpabilité est établie. J'aspire à la punition que j'ai méritée pour avoir supprimé un homme qui en valait si peu la peine que je me demande… Mais suffit. Emmenez-moi, capitaine. Pour vous, c'est coup double : vous avez et le monstre et son assassin.

Plus Laurent s'accablait, plus le capitaine perdait pied. Comme il eût préférer les mensongères dénégations d'usage ! Dans sa solitude, désemparé, il loucha à droite et à gauche comme en quête d'un secours.

— Ne sentez-vous pas qu'il divague, dit Muriel, mais que son délire lui ouvre le cœur des choses ?

— À ce moment, Georges vint caracoler près de la fenêtre ; il poussait l'allure du cheval avec des cris stridents et ricaneurs. Muriel eut le sentiment qu'une éternelle malédiction pesait sur son fils ; elle en frémit. Par comparaison, le sort de Vincent lui apparut infiniment doux sous la terre encore fraîche du cimetière. Chaque après-midi elle lui portait une corbeille de feuilles rougies par l'automne. Il lui vint à l'esprit que c'était un bouquet de félicité.

Et c'était sur la foi de ce bandit en herbe, pensait de son côté le capitaine, qu'il allait remettre entre les mains de la justice un homme qui, loin de se défendre, s'offrait en victime d'une justice supérieure. De son mouchoir il s'essuya le front, ébranlé par tant de contradictions.

— Évidemment, prononça le capitaine, il y a là quelque chose qui m'échappe, qui me dépasse… De là à exonérer un homme qui reconnaît son crime…

L'alcool le rassérénait. Pour la première fois il regarda vraiment Laurent Vallois, scrutant à son tour cet étrange personnage qui parlait bien et s'habillait mal, trimant gratuitement au verger du père Garon alors que, s'il fallait en croire la dame, il n'en avait nul besoin et s'appliquait plutôt à venir en aide à ceux qui étaient dans le besoin. Assurément le père Garon, dont la réputation d'avarice n'était plus à faire, n'appartenait pas à la même race, qui embauchait du personnel sans le rétribuer et prêtait à usure. Tout en réfléchissant, il continuait à promener les yeux sur l'individu là debout, menottes aux poignets, attendant qu'on lui fît un sort.

Et soudain, derrière ces haillons pitoyables, derrière ce visage blême et creusé, émergea ainsi qu'en filigrane non plus le soi-disant criminel, — l'homme. À cet instant le regard de Laurent, sans être le moindrement du monde suppliant, avait quelque chose d'insoutenable: il reflétait l'expérience d'une vie touchée par la brûlure de la misère morale, obsédé par la mort comme par une délivrance.

Il ne pleuvait pas mais le temps était à l'humidité et de nouveau le capitaine tamponna son front moite à petits coups nerveux de mouchoir. Les choses avaient perdu de leur simplicité confortable, s'éclairaient de lueurs troubles, angoissantes. Dans son tourment, un vertige emportait toutes les valeurs qui avaient fondé ses actes jusqu'ici. Il avait beau tenter de se ressaisir, un monde croulait sous lui. Plus de points fixes, plus de codes ni de textes qui ont réponse à tout, plus de personnages haut placés à qui remettre le fardeau de trancher. Ceux-là, devant leurs froids dossiers, disposeraient-ils de tant d'éléments indéfinissables, impossibles à mettre par écrit? C'était désormais, inéluctablement, *sa* responsabilité. Le plus singulier était qu'autant Laurent se possédait dans le déferlement de cette débâcle, autant le capitaine réagissait avec une fièvre qui lui ressemblait peu. Jamais il n'avait connu pareils remous intérieurs. Sa pensée se tourna vers les siens. Une nouvelle agitation le secoua. Quel homme ses enfants souhaiteraient-ils avoir pour père? Où était la lâcheté? Et si par sa faute, et cela ne manquerait pas, un homme foncièrement honnête, vaguement *hippie,* était conduit à la potence, aux travaux forcés à perpétuité? Mais devant un crime avéré, y avait-il une place pour l'humanité? Il aurait donné n'importe quoi pour qu'on le soulageât de son dilemme. Maintenant il ne cessait de loucher désespérément dans la direction de la porte ouverte, guettant si le retour de son subalterne ne viendrait pas mettre un terme à son supplice. Depuis quand cela durait-il? Il eût cru des heures et des heures. Le caporal devait s'être assoupi au volant de la voiture, en attendant le retour du patron. Lui, patron! Il en aurait douté dans son impuissance à rien décider... De nouveau, il s'imposa de fixer Laurent, face à face. Leurs regards se croisèrent. Rivés l'un à l'autre, il se créait entre eux un lien particulier auquel il n'était pas plus possible de s'arracher qu'à la situation même. Le capitaine faiblit le premier. Pour un peu, c'était lui, le coupable. Pourtant Laurent ne quémandait rien, aucune faveur : placide et profond comme la mort, il était au-delà, quelque part, ailleurs. Ailleurs et pourtant tellement proche que le capitaine perdit tout à coup toute animosité contre son prévenu, comme s'il l'avait eu sous sa garde depuis des siècles. Une fraternité singulière liait à jamais leur destin, quoi qu'il pût advenir. Oppressé, livide, le capitaine fit un pas en direction de la fenêtre, portant à sa poitrine une main incontrôlable... On n'entendait que les hennissements lointains du cheval accentuant le silence d'une campagne exténuée où tremblaient une mer de feuilles mordorées, rutilantes, sur quoi planait un long ciel d'étain. Un besoin de pleurer saisit le petit capitaine, comme un enfant à qui est demandée une chose extrêmement difficile. Il dépouilla le gendarme. Il ne sentit plus son uniforme, sa casquette d'officier. Il n'était, lui aussi, qu'un humain. Sa mâchoire un peu lourde, soigneusement rasée, trembla encore un peu.

— Allez-vous-en, parvint-il à articuler en tirant la clef de sa poche et défaisant les menottes avec la même hâte que s'il se fut délivré lui-même. Allez-vous-en, répéta-t-il, vous êtes libre ! Laissez-moi tranquille...

En même temps, il déchirait les pages de son calepin noir avec une sorte de frénésie, éparpillant les fragments de papier dans l'âtre.

Laurent marqua une hésitation. Semblable à l'esclave qu'on détache d'un boulet trop longtemps traîné, il s'apeurait devant sa liberté neuve. Meurtrier honteux de son silence, avait-il cru vraiment s'affranchir une première fois au verger? Son dessein bouleversé, il entrevoyait que sa véritable délivrance portait le sceau d'un acquittement que seule une conscience étrangère, désintéressée, pouvait lui conférer, en l'occurrence la conscience même de la société. Et renouant avec l'homme, tout son passé s'estompait dans l'irréalité du songe. Il leva la tête vers le capitaine qui respirait bruyamment sans bouger d'une semelle, cloué sur place par l'énormité de ce qu'il venait d'accomplir. Puis les yeux de Laurent se portèrent vers Muriel. L'apaisement de la jeune femme se teintait d'une indicible mélancolie. Pour elle le songe éteint rendait Laurent à la nuit mémorable qui les avait rapprochés le temps d'un âcre automne. L'incurable amour la déchirait pour la seconde fois en quatre jours. Laurent serra les dents et ses yeux s'embrumèrent. Malgré lui ses bras se tendirent… Alors Muriel exprima par un faible sourire, mais intense, que, dans son infortune, tout était bien ainsi. Non plus que l'innocence, le mal n'avait l'éternité.

Comme Georges, poursuivant sa chevauchée, faisait entendre un cri barbare, le colosse fit son entrée:

— Qu'est-ce qui se passe? On y va, patron?

Le capitaine détourna la tête sans répondre. Alors seulement Laurent le Farouche, ayant cueilli la tendresse aux yeux de Muriel, marcha droit à la porte et sans se retourner pénétra dans la lumière.

Petit-fils du romancier et nouvelliste Ernest Choquette (1862-1941), Gilbert Choquette naît à Montréal le 25 novembre 1929. Après des études classiques au collège Stanislas où il obtient un baccalauréat français, son père l'inscrit à l'Université McGill où il devient, à vingt ans, bachelier en droit civil, trop jeune cependant pour être admis au Barreau dont il passe néanmoins l'examen d'entrée avec succès.

Brûlant de connaître l'Europe, il se rend à Paris en 1950 et complète un doctorat en droit international à l'Université de Paris (1954). Durant ces années d'études, il est secrétaire à la *Revue critique de droit international privé*.

À Paris, Gilbert Choquette se découvre une vocation de poète et d'écrivain, qui le détourne de la pratique du droit. De retour au pays, il obtient un modeste emploi d'«assistant de production» à l'Office national du film, alors situé à Ottawa. En 1956, lorsque l'ONF se transporte à Montréal, il devient rédacteur, adaptateur et réalisateur pour les versions françaises de films documentaires tournés en anglais. Parallèlement à cette activité, il fait jouer à la radio de Radio-Canada des œuvres dramatiques dont l'une — *Un ascenseur nommé Je t'aime* — lui avait déjà valu les compliments de Jules Supervielle.

En 1958, il réunit ses poèmes de jeunesse, *Au loin l'espoir*, qu'il publie à compte d'auteur aux ateliers des Éditions d'Orphée. Il récidive en 1964 avec *l'Honneur de vivre*. Entre-temps, le roman occupe l'essentiel de son activité littéraire, publiant en 1962 *l'Interrogation*, coup d'essai écrit dès 1959. Suivront *l'Apprentissage* (1966) et *la Défaillance* (1969), largement écrits à Paris, dont il garde une profonde nostalgie, et aux Antilles où il séjourne en 1964 et en 1966.

Simple contractuel depuis 1961, Gilbert Choquette quitte définitivement l'ONF en 1968 pour devenir la même année professeur de français au cégep de Saint-Laurent. À cette fin, inscrit aux cours d'été de l'Université de Montréal, il obtient en 1970 un certificat d'études littéraires générales. Mais des ennuis de santé, qui le poursuivent depuis l'adolescence, l'obligent dès lors à des séjours prolongés à l'hôpital. Au cours de cette période, il écrit *la Mort au verger* (1975).

En 1978, Gilbert Choquette abandonne définitivement l'enseignement dont il garde un souvenir mitigé où la félicité le dispute au cauchemar... Cette retraite anticipée lui permet de se consacrer entièrement au roman. Paraissent successivement *Un tourment extrême* (1979), *la Flamme et la forge* (1984) qui obtient le Prix du Cercle du Livre de France et le Prix France-Québec, et *le Secret d'Axel* (1986) qu'il considère comme son œuvre la plus personnelle.

Gilbert Choquette est membre de l'Académie canadienne-française depuis 1982.

BIBLIOGRAPHIE

Au loin l'Espoir, poèmes
Chez l'auteur, Montréal, 1958.

L'Interrogation, roman
Éditions Beauchemin, Montréal, 1962.

L'Honneur de vivre, poèmes,
Éditions Beauchemin, Montréal, 1964.

L'Apprentissage, roman
Éditions Beauchemin, Montréal, 1966.

La Défaillance, roman
Éditions Beauchemin, Montréal, 1969.

Un tourment extrême, roman
Éditions La Presse, Montréal 1979.

La Flamme et la forge, roman
Éditions Pierre Tisseyre, Montréal, 1984.

Le Secret d'Axel, roman
Éditions Pierre Tisseyre, Montréal, 1986.

TABLE

DÉJÀ PARUS

1. Gilles Hénault, *Signaux pour les voyants*, poésie, préface de Jacques Brault (l'Hexagone)
2. Yolande Villemaire, *La vie en prose*, roman (Les Herbes Rouges)
3. Paul Chamberland, *Terre Québec* suivi de *L'afficheur hurle*, de *L'inavouable* et d'*Autres poèmes*, poésie, préface d'André Brochu (l'Hexagone)
4. Jean-Guy Pilon, *Comme eau retenue*, poésie, préface de Roger Chamberland (l'Hexagone)
5. Marcel Godin, *La cruauté des faibles*, nouvelles (Les Herbes Rouges)
6. Claude Jasmin, *Pleure pas, Germaine*, roman, préface de Gérald Godin (l'Hexagone)
7. Laurent Mailhot, Pierre Nepveu, *La poésie québécoise*, anthologie (l'Hexagone)
8. André-G. Bourassa, *Surréalisme et littérature québécoise*, essai (Les Herbes Rouges)
9. Marcel Rioux, *La question du Québec*, essai (l'Hexagone)
10. Yolande Villemaire, *Meurtres à blanc*, roman (Les Herbes Rouges)
11. Madeleine Ouellette-Michalska, *Le plat de lentilles*, roman, préface de Gérald Gaudet (l'Hexagone)
12. Roland Giguère, *La main au feu*, poésie, préface de Gilles Marcotte (l'Hexagone)
13. Andrée Maillet, *Les Montréalais*, nouvelles (l'Hexagone)
14. Roger Viau, *Au milieu, la montagne*, roman, préface de Jean-Yves Soucy (Les Herbes Rouges)
15. Madeleine Ouellette-Michalska, *La femme de sable*, nouvelles (l'Hexagone)

*Cet ouvrage
a été achevé d'imprimer sur les presses
de l'imprimerie Gagné à Louiseville
en mai 1988 pour le compte des
Éditions de l'Hexagone*

Imprimé au Québec (Canada)